GW00501423

MERLIN L'ENCHANTEUR

Dans la même collection :

ANDERSEN, Le vaillant soldat de plomb, la petite sirène et autres contes.
BALZAC, Adieu.
      Le Chef-d'œuvre inconnu.
      La Maison du Chat-qui-pelote.
      Les Secrets de la princesse de Cadignan.
      La Vendetta.
      Sarrasine.
CHAMISSO, L'Étrange Histoire de Peter Schlemihl.
CHARLES D'ORLÉANS, L'Écolier de Mélancolie.
CHRISTIE, Les Plans du sous-marin.
COLETTE, Les Vrilles de la vigne.
      La Ronde des bêtes.
      Gribiche.
COLOMBEL, Jeannette, Lettre à Mathilde sur Jean-Paul Sartre.
DIDEROT, Supplément au Voyage de Bougainville.
      Lettre sur les aveugles.
FLAUBERT, Un cœur simple.
       Novembre.
GAUTIER, Arria Marcella.
HOFFMANN, Mademoiselle de Scudéry.
HUGO, Claude Gueux.
JARRY, Ubu roi.
LABICHE, La Cagnotte.
LEBLANC, L'Arrestation d'Arsène Lupin.
      Le Cabochon d'émeraude *précédé de* L'Homme à la peau de bique.
LUCIEN, Philosophes à vendre.
MARIE DE FRANCE, Le Lai de Lanval.
MAUPASSANT, La Parure.
        Le Horla.
        Une partie de campagne.
MÉRIMÉE, La Vénus d'Ille.
       La Double Méprise.
       Les Âmes du purgatoire.
NERVAL, Aurélia.
      Sylvie.
PLATON, Apologie de Socrate.
PLUTARQUE, Vie d'Alcibiade.
RACINE, Les Plaideurs.
RENARD, Poil de carotte.
SCHWOB, Le Roi au masque d'or.
SÉNÈQUE, Médée.
SHAKESPEARE, Henry V.
STEVENSON, L'Étrange Cas du Dr Jekyll et de Mr Hyde.
SUÉTONE, Vie de Néron.
TCHEKHOV, La Steppe.
TOURGUENIEV, Le Journal d'un homme de trop.
VOLTAIRE, Micromégas.
      La Princesse de Babylone.
WILDE, Le Portrait de Mr. W. H.
      Le Prince heureux et autres contes.
XXX, Chansons d'amour du Moyen Âge.
      Le Jugement de Renart.
      La Mort de Roland.
      Anthologie de la poésie française de Villon à Verlaine.
ZOLA, Jacques Damour *suivi de* Le Capitaine Burle.
ZWEIG, Les Prodiges de la vie.
      Printemps au Prater.

Merlin l'Enchanteur

*Choix des textes, traduction, présentation
et notes par Danièle James-Raoul*

LE LIVRE DE POCHE

Danièle James-Raoul est maître de conférences en langue médiévale à l'Université de Paris-Sorbonne. Elle a consacré sa thèse à la parole empêchée dans la littérature arthurienne.

© Librairie Générale Française, 2001, pour la présente édition.

PRÉSENTATION

Merlin l'Enchanteur... Enchanteur, certes, mais aussi prophète, devin, magicien, prompt à se métamorphoser en enfant prodige ou en vieillard, en bûcheron ou en faucheur, en homme sauvage ou en génie des bois, et même en cerf ! À tout instant il fait naître la surprise et l'imprévu, mais il est lui-même plein de contradictions. Il sait tout, le passé et l'avenir, c'est un amuseur, mais il se laisse aussi berner par ses belles élèves et déchire les solitudes boisées de ses plaintes. Héritier de figures celtiques venues du fond des temps ou nées au VIe siècle, mais renommé surtout grâce à des auteurs français des XIIe et XIIIe siècles, Merlin alimente la création littéraire, voire cinématographique, jusqu'à aujourd'hui. Homme des bois, compagnon des plus grandes figures du royaume d'Arthur, maître des fées, modèle de sagesse et d'ingéniosité, célèbre par ses inventions, il est au cœur de l'imaginaire des hommes du Moyen Âge et trône en bonne place, aujourd'hui encore, dans l'idée que nous nous faisons du monde des chevaliers de la Table ronde.

Des origines fabuleuses

Comme de nombreux autres personnages mythologiques, folkloriques ou légendaires, le personnage de Merlin passe pour avoir des origines fabuleuses, qui lui assurent des talents exceptionnels. Imaginé par les démons pour lutter contre le Christ, engendré par un diable mais conçu par une femme vertueuse, il est d'emblée au cœur de la lutte entre le bien et le mal. Il aurait dû être l'Antéchrist, placé au sein de l'humanité pour mieux l'abuser, l'amener à suivre la pente diabolique et la perdre. De par son père, il connaît tout le passé. Mais sa mère le sauve des griffes du diable en conservant sa foi en Dieu, en se confessant et en se repentant sincèrement d'avoir péché malgré elle, elle fait pénitence, est absoute par le prêtre et mène strictement une vie vertueuse. Du coup, Dieu accorde à Merlin le pouvoir de connaître l'avenir, car Dieu veut permettre à cette créature, si elle le souhaite, de lutter efficacement contre son destin diabolique : ce sera à elle de choisir quelle voie sera la sienne.

Un être ambigu

Cette double nature, humaine et démoniaque, ce double enjeu du diable et de Dieu font de Merlin un être ambigu, que les différents textes présentent tantôt comme l'instrument de la volonté divine, l'élu de Dieu, et tantôt comme un individu pervers, agissant au mépris de toute morale, inquiétant son entourage. Quant à ses pouvoirs magiques — dus à qui ? nul ne le sait ni n'en parle —, ils sont tantôt mis au service de Dieu, tantôt utilisés à des fins moins recommandables.

Sa précocité de parole et de jugement fait penser à l'enfant Jésus face à son entourage ou aux docteurs du Temple ; il fait éclater la vérité, combat le mensonge, la fausseté, la traîtrise de Satan et de ses serviteurs ; il prépare surtout le royaume de Logres [1] et ses souverains, Pendragon, Uter, puis Arthur, à accueillir le chevalier qui sera l'élu de Dieu et qui deviendra le gardien du Graal, ce mystérieux vase qui a servi à la Cène puis a reçu le sang du Christ en croix. Dès son plus jeune âge, il s'ef-

---

1. C'est le royaume d'Arthur, l'Angleterre.

force ainsi d'approcher le pouvoir en place et de gagner la confiance puis l'amitié des rois qu'il prend sous sa protection. Sa mission politique de sage conseiller dans les affaires du royaume, de fin stratège permettant de chasser l'usurpateur puis l'envahisseur, est entièrement subordonnée à ce projet de l'avènement d'un nouveau type de chevalerie, non plus guidée par la gloire, mais sensible au message de Dieu, aux leçons du Christ.

Cependant, l'apparence animale repoussante qu'il offre en naissant, ses métamorphoses multiples rappellent son origine diabolique, effrayante pour le monde médiéval, qui est un monde chrétien. En compagnie, le personnage n'échappe pas à une certaine fatuité parfois, il est autoritaire, vaniteux, recherche les compliments. Son rire sonore peut certes n'exprimer que le contentement d'un joyeux drille, mais il retentit aussi, de temps à autre, comme une sanction, un jugement, face à la sottise, la naïveté ou l'ignorance des hommes : il ne manque pas d'être inquiétant et a quelque chose de sardonique. Ici, Merlin aide son ami Uter à assouvir sa passion pour Ygerne à la manière d'un sinistre entremetteur, bravant les lois de la morale et de l'Église ; là, il livre à la fée Morgane une grande partie de ses secrets magiques, alors qu'il devrait savoir, pourtant, que cette mauvaise femme s'en servira contre le roi Arthur et ses meilleurs chevaliers. Enfin, dans les textes français en prose qui rattachent son histoire à celle du règne d'Arthur, il devient un personnage plein de concupiscence, brûlé par son désir pour de très jeunes et très belles femmes, en proie à une luxure qui relève, à n'en pas douter, de sa nature toute diabolique.

Un être hors du temps

Merlin est donc une figure pleine de richesse, imprévisible et protéiforme, qui semble à la fois inaccessible et bien humaine. Il échappe aux lois de ce monde qu'il domine, mais se laisse pourtant abuser par la ruse féminine. Il est aussi hors du temps, et sa prédilection pour les métamorphoses en enfant et en vieillard suggère bien qu'il parcourt avec aisance le cycle de la vie. Imaginé par le diable au lendemain de la Rédemption des pécheurs, il naît quelques années plus tard, semble-t-il, et le voici plongé en plein Moyen Âge, dans cette époque de convention où l'on situe les aventures du roi Arthur[1]. Il vivra sous le règne de Vertigier, de Pendragon, d'Uter, d'Arthur, pour mourir enfin en succombant aux sortilèges de la fée Viviane ou, selon d'autres textes, rester en vie pour l'éternité, comme si le temps n'avait pas de prise sur lui. Merlin transcende donc les époques, à l'image du Graal dont il assure la venue dans le royaume de Logres et de la Table ronde qu'il demande à Uter d'établir : le Graal permet de relier à l'époque contemporaine le temps de la Passion et le temps des premiers chrétiens tels Joseph d'Arimathie et son lignage, tandis que la Table ronde est imaginée en conformité avec celle de la Cène où Jésus instaura l'Eucharistie avec ses apôtres et avec celle du Graal instituée par le même Joseph.

Aspect physique et métamorphoses

Pour beaucoup d'entre nous aujourd'hui, Merlin, c'est un vieux magicien de contes de fées, des binocles sur le nez, coiffé d'un long chapeau pointu et revêtu d'un grand manteau bleu nuit parsemé d'étoiles, une baguette à la main, entouré de grimoires poussiéreux recelant tout le savoir magique du personnage. Rien à voir avec l'être velu comme un petit animal, horrible au point de faire peur même à sa mère, qui nous est décrit à sa naissance. Enfant, il se caractérise par une croissance rapide, par sa précocité, si bien qu'il fait plus que son âge. À part ces quelques détails qui nous sont offerts dans son plus jeune âge, on ne sait pas grand-chose de l'aspect physique de

---

1. Le roi Arthur est censé avoir vécu à la fin du Ve et au début du VIe siècle, mais l'époque décrite dans les romans qui parlent de lui ressemble à celle où vivent les auteurs, autrement dit aux XIIe et XIIIe siècles.

Merlin : les textes du Moyen Âge, à vrai dire, ne nous livrent pas de portraits du personnage, sauf quand il est métamorphosé en bûcheron, en gardien de troupeau, en faucheur, en homme sauvage, en homme respectable, noble seigneur ou vieillard vénérable, autrement dit sauf quand il n'est pas lui-même... L'énigme là encore est bien entretenue.

Pour en savoir plus : les sources...

Les origines du personnage sont fort obscures. Peut-être, avant d'être un personnage littéraire, Merlin a-t-il été un personnage historique gallois. Certains pensent aujourd'hui qu'il est dû à la fusion de deux personnages ayant existé au VIe siècle. D'une part, on évoque un chef de clan, nommé Ambrosius dans la chronique galloise d'un certain Gildas, qui se serait rendu célèbre par ses prophéties sur l'avenir des Bretons et par sa bravoure lors de la lutte contre l'envahisseur saxon. D'autre part, on allègue un barde gallois à qui l'on attribue des poèmes, Myrddin, qui serait devenu fou à la suite d'une terrible bataille et se serait réfugié dans la forêt écossaise.

Au XIIe siècle, Geoffroy de Mounmouth, un clerc gallois dans l'Angleterre des Plantagenêts, écrivant en latin mais prétendant suivre des sources bretonnes — c'est-à-dire celtiques — et soucieux de glorifier ce passé « breton », aurait rapproché ces deux personnages et aurait forgé le personnage d'Ambroise Merlin[1]. Apparu pour la première fois dans les *Prophéties de Merlin* (en 1134), le nom du personnage se simplifie bientôt en Merlin dans l'*Histoire des rois de Bretagne* (vers 1140), puis dans la *Vie de Merlin* (vers 1150). Pour l'essentiel, avec les deux premiers ouvrages, la figure du prophète magicien est dorénavant fixée selon une double tradition, prophétique d'une part et romanesque de l'autre, avec notamment la

---

1. C'est-à-dire *Ambrosius Merlinus* en latin, Merlinus étant quasiment la transposition phonétique latine de la prononciation galloise Myrddin.

conception d'un être par un diable, le rôle qu'il joue auprès de Vertigier pour lui expliquer pourquoi sa tour s'écroule, puis comme compagnon des fils de Constant, sa mission militaire pour chasser les Saxons, l'apparition d'une comète en forme de dragon pour signifier la victoire, le transport magique des pierres d'Irlande, le mariage d'Uter et la naissance d'Arthur.

Quant à la *Vie de Merlin*, elle propose une figure sans doute plus proche d'un modèle primitif, qui associe au contact de la nature le caractère prophétique du roi dément. Geoffroy de Monmouth a sans doute bénéficié pour cet ouvrage d'influences folkloriques celtiques qui s'expriment ailleurs et suivent la même tradition du personnage de fou inspiré vivant dans les bois [1]. Deux courts textes latins d'origine écossaise remontant au XIIe siècle, *Lailoken et Kentigern*, *Lailoken et Meldred*, présentent Lailoken : homme sauvage à moitié fou à la suite d'une défaite sanglante dont on le tient pour responsable, Lailoken se livre à d'obscures prophéties, prédit sa triple mort ou éclate de rire en voyant une feuille accrochée dans les cheveux de la reine. Un récit irlandais, *La Folie de Suibhné*, parle également d'un roi perdant la raison pendant une bataille, vivant dans les bois et volant d'arbre en arbre comme un oiseau [2], fuyant les hommes, devenant poète. À n'en pas douter, Merlin est donc l'héritier de divinités sylvestres primitives et d'une tradition de rois-druides qui transparaissent ici.

... et les romans de Merlin

Au tout début du XIIIe siècle, un clerc franc-comtois nommé Robert de Boron s'empare du personnage légué par Geoffroy de Monmouth, repris et vulgarisé par Wace qui a traduit en français dans son *Roman de Brut* la monu-

---

1. On sait que, dans la civilisation celte, les forêts et les bois sont des lieux consacrés où séjournent les divinités. 2. Ce rapprochement avec un volatile n'est pas un détail anodin car certains font aussi remonter le nom de Merlin à celui du merle.

mentale *Histoire des rois de Bretagne* et a encore enrichi le personnage de Merlin : il écrit un roman en vers, *Merlin*, qui fait passer au premier plan ce personnage et en raconte l'histoire depuis sa conception jusqu'à l'avènement du roi Arthur. Désormais, l'histoire du royaume de Logres a partie liée avec celle du prophète devin. En fait, son roman n'est que la partie centrale d'une trilogie, constituée des histoires de Joseph d'Arimathie, de Merlin et de Perceval. Seul le roman de *Joseph* ainsi que les premiers vers du *Merlin* nous sont parvenus. Mais nous connaissons ces trois histoires parce que l'on a conservé leur adaptation en prose réalisée vers 1220. Elles sont parmi les premières œuvres littéraires en prose française : la prose, employée dans la Bible, les écrits religieux, les chroniques, se trouve parée du prestige de la vérité, de l'authenticité. C'est cette jeunesse de la prose dans sa nouvelle utilisation romanesque qui explique aussi parfois une certaine lourdeur, des répétitions, de la gaucherie dans l'expression, comme on pourra le lire dans les traductions qui suivent. Mais les auteurs suivants n'en restent pas là et la carrière de Merlin, qui semblait achevée à la fin du cycle dans le *Perceval*, est loin d'être terminée.

D'autres continuations, toujours en prose, voient en effet le jour, et un second cycle romanesque, beaucoup plus long, se constitue, qui propose une autre histoire que le cycle précédent. L'adaptation en prose du texte de Robert de Boron y est reprise, moyennant quelques modifications, mais cette fois elle ne s'arrête pas avec l'avènement du roi Arthur. Elle est continuée par une *Suite* qui permet d'enchaîner la fin de l'histoire imaginée par Robert de Boron au début du roman de *Lancelot* (entre 1215 et 1225), ouvrage important qui marque la période la plus célèbre du règne arthurien : c'est donc une sorte de raccord littéraire, de pont jeté entre deux romans déjà connus. Le tout est inséré dans un ensemble énorme comprenant cinq romans de taille inégale que l'on appelle le *Lancelot-Graal* : *L'Histoire du Graal*, *L'Histoire de Merlin*, *Le Lancelot*, *La Quête du Saint Graal* et *La Mort du roi Arthur*.

Plus exactement, les manuscrits proposent deux types

de suite. La première en date (vers 1230-1235), la *Suite-Vulgate* ou « Suite historique », raconte en particulier les combats d'Arthur contre ses barons ou les Saxons. Merlin y est essentiellement le prophète des guerres du roi ; le livre s'achève sur sa disparition, causée par son amour pour Viviane. La seconde, composée vers 1235-1240, est nommée *Suite-Huth* ou « Suite romanesque » : allégeant les récits guerriers, mais dominée par un climat pessimiste tendant vers le tragique, elle offre un rôle privilégié à Merlin qu'elle fait progressivement sombrer dans la déchéance en l'enfermant dans la luxure.

La fortune littéraire

La fortune littéraire de Merlin ne s'arrête pas là et il est impossible de citer tous les romans, contes et autres récits médiévaux où il apparaît, preuve d'un dynamisme considérable, d'un étonnant pouvoir à faire écrire ou raconter, à faire écouter ou lire. La présente édition en propose quelques exemples pris dans la littérature française. La notoriété de Merlin a rapidement dépassé le cadre de nos frontières et l'on possède des versions médiévales anglaises, allemandes, hollandaises, italiennes, espagnoles de son histoire.

Depuis lors, le mythe de Merlin n'a cessé d'inspirer les gens de littérature. Connaissant un renouveau au XIXᵉ siècle avec le romantisme, il inspire notamment Edgar Quinet (*Merlin l'Enchanteur*, 1860) et Hersart de La Villemarqué (*Myrdhinn*, 1861). En 1909, Guillaume Apollinaire fait paraître son *Enchanteur pourrissant*. Louis Aragon écrit *Brocéliande* en 1942, cherchant dans le passé médiéval de la France les ressources d'un sursaut face à la défaite. Plus près de nous, René Barjavel publie encore *L'Enchanteur* en 1984, Michel Rio *Merlin* (1989), Philippe Le Guillou *Immortels Merlin et Viviane* (1991). La liste de tous les avatars de l'Enchanteur serait longue à énumérer, parmi lesquels le dessin animé des studios Walt Disney (1963) figure encore.

C'est dire si les prières de Merlin, intercédant auprès

de Dieu depuis maintenant près de huit siècles pour veil-
ler sur ceux qui feraient connaître ses œuvres et les écou-
teraient, ont été entendues ! Sous la plume des auteurs,
sous le regard du public, la magie continue d'opérer et
Merlin peut encore enchanter.

Danièle JAMES-RAOUL

Explicit li comencement del estoire
del saint graal. Et chi apres uient
lestoire de merlin. Dieus nos maint
tous a boine fin.

Mout fu iries li anemis: quant
nostre sires ot este en infer-
et il en ot iete eue et Adam

L'assemblée des démons décidant de la naissance de Merlin et, au-dessous, sa conception : un démon déshonorant une jeune fille pendant son sommeil (miniature à deux volets).

Ms.fr.95, fol. 113 v°. L'histoire de Merlin.
BnF, Paris.

INDICATIONS BIBLIOGRAPHIQUES

Nous n'indiquons ici que les textes principaux consacrés à Merlin, toutes les références précises des extraits traduits dans cet ouvrage étant par ailleurs données en note de bas de page.

Éditions

Le Devin maudit. Merlin, Lailoken, Suibne. Textes et études, dir. Ph. WALTER, Grenoble, Ellug, 1999.

The Didot Perceval, éd. W. ROACH, Philadelphia (USA), University of Pennsylvania Press, 1941.

L'Histoire de Merlin, dans *The Vulgate Version of the Arthurian Romances*, éd. H. O. SOMMER, Washington, The Carnegie Institution of Washington, 1908, vol. II.

The Historia Regum Britannie of Geoffrey of Monmouth, éd. N. WRIGHT, Cambridge, D. S. Brewer, 1984.

Les Prophéties de Merlin, éd. A. BERTHELOT, Cologny-Genève, Bibliotheca Bodmeriana, 1992.

Merlin de Robert de Boron, roman en prose du XIIIe siècle, éd. A. MICHA, Paris-Genève, Droz, 1980.

H. L. D. WARD, « Lailoken (or Merlin silvester) », *Romania*, 1974, t. XXII, p. 504-526.

La Suite du roman de Merlin, éd. G. ROUSSINEAU, Genève, Droz, 1996, 2 tomes.

Vita Merlini, dans *La Légende arthurienne. Études et*

documents, éd. E. FARAL, Paris, Honoré Champion, 1969, t. III.

Le Roman de Brut de Wace, éd. I. ARNOLD, Paris, S. A. T. F., 1938-1940, 2 tomes.

Études

FARAL, E., *La Légende arthurienne. Études et documents*, éd. E. Faral, Paris, Honoré Champion, 1969, 3 t.

MAC DONALD, A. A., *The Figure of Merlin in Thirteenth Century French Romance*, Leuwiston (N. Y)-Queenston (Canada), The Edwin Mellen Press, 1990.

MARKALE, J., *Merlin l'Enchanteur ou l'éternelle quête magique*, Paris, Albin Michel, 1992.

MICHA, A., *Étude sur le Merlin de Robert de Boron*, Genève, Droz, 1980.

WALTER, Ph., *Merlin ou le savoir du monde*, Paris, Imago, 2000.

ZUMTHOR, P., *Merlin le Prophète. Un thème de la littérature polémique, de l'historiographie et des romans*, Genève, Slatkine, 1973.

Ouvrages pédagogiques

ANDRIEUX-REIX, N. et E. BAUMGARTNER, *Le Merlin en prose*, Paris, P.U.F., 2001.

BAZIN-TACCHELLA S., T. REVOL et J.-R. VALETTE, *Le Merlin de Robert de Boron*, Paris, Atlande, 2000.

Fils sans père. Études sur le Merlin de Robert de Boron, dir. D. HÜE, Orléans, Paradigmes, 2000.

Merlin, roman du XIIIᵉ siècle, dir. D. QUÉRUEL et C. FERLAMPIN-ACHER, Paris, Ellipses, 2000.

TRACHSLER, *Merlin l'Enchanteur. Étude sur le Merlin de Robert de Boron*, Paris, S.E.D.E.S., 2000.

POÈMES ATTRIBUÉS À MYRDDIN

*Quelques rares poèmes gallois (six ou sept) sont attri-
bués au barde légendaire Myrddin parmi lesquels* Le Dialogue entre Myrddin et Taliesin, Les Pommiers, Les
Bouleaux, Le Petit Cochon, Le Dialogue entre Myrddin
et sa sœur Gwenddydd. *Ils apparaissent dans divers
manuscrits datés de la fin du XIIe siècle jusqu'au milieu
du XVe siècle, mais, à l'évidence, transcrivent des compo-
sitions originales beaucoup plus anciennes issues de traditions orales. Selon certains, il est possible qu'entre 850
et 1050 ait été composé un poème sur la légende de
Myrddin, dont les poèmes qui subsistent seraient en fait
des bribes. Ces poèmes sont presque tous des prophéties
qui traitent de l'histoire primitive du pays de Galles et
des luttes qui opposèrent son peuple aux Normands et
aux Bretons. Dans ce contexte, Myrddin est présenté
comme une figure légendaire du VIe siècle possédé par
l'esprit prophétique. Nous présentons un extrait de l'un
de ses plus célèbres poèmes,* Les Pommiers (Afalennau,
en gallois) [1]. *Le sens global de ce chant, il faut l'avouer,
reste bien obscur ; dans le passage choisi, la tonalité
n'est pas prophétique ; le poète revient sur son sort et
donne certains détails qui apparaissent ailleurs, par
exemple dans la* Vie de Merlin *de Geoffroy de Monmouth
ou dans les extraits concernant Lailoken. Ces éléments*

---

1. Traduit de l'anglais d'après R. S. Loomis, *Arthurian Literature
in the Middle Ages*, Oxford, Clarendon Press, 1959, p. 21.

épars aident à reconstituer des pans de la tradition du Merlin primitif : le choix du pommier, la femme aimée Gwenddydd (c'est-à-dire sa sœur Ganiéda dans la Vie de Merlin*), les valeureux guerriers, la bataille, le désespoir de l'homme coupable de la mort d'autrui et se sentant abandonné de la divinité.*

Les Pommiers

Doux pommier [1], toi qui pousses dans une clairière,
ton pouvoir particulier te dissimule aux hommes de
[Rhydderch [2] ;
une foule près de ton tronc, une multitude autour de toi,
tu devrais être un trésor pour eux, les braves enrôlés.
À présent Gwenddydd ne m'aime plus ni ne m'accueille
[volontiers ;

J'ai tué son fils et sa fille ;
Je suis détesté de Gwasawg, le soutien de Rhydderch.
La mort a emporté tout le monde ; pourquoi ne s'adresse-
[t-elle pas à moi ?

---

1. Traditionnellement, dans la mythologie chrétienne, antique et aussi celtique, la pomme est un fruit qui a partie liée avec l'extraordinaire de l'au-delà ; elle est un moyen de connaissance et entretient l'éternelle jeunesse. On peut ici songer, entre autres, à la fameuse pomme que croqua Adam, à celle que Pâris attribua à Hélène, aux pommes d'or du Jardin des Hespérides, à celles des îles Fortunées dont un autre nom est l'île d'Avallon : c'est dans cet endroit merveilleux, sorte de paradis des Celtes échappant au temps, que Geoffroy de Monmouth situera la fée Morgane, un peu plus loin dans son récit. **2.** Rhydderch, comme un peu plus bas Gwenddolau, sont des chefs des Bretons du Nord et non pas des Gallois. La tradition galloise en effet est le plus souvent bâtie sur un fonds appartenant aux Bretons du Nord : d'une part, la tradition de ces derniers était mieux conservée, d'autre part, chassés par les Saxons à la fin du vi[e] siècle, ils se réfugièrent au pays de Galles et leurs traditions s'assimilèrent aux traditions galloises. La *Vie de Merlin* de Geoffroy de Monmouth fera de ce personnage le roi Rodarch, beau-frère de Merlin.

20

Après Gwenddolau, aucun seigneur ne m'honore,
Me réjouir ne me plaît pas, aucune femme ne me visite ;
Alors que dans la bataille d'Arderyd[1] mon torque était
[d'or[2],
aujourd'hui, je ne suis plus prisé de celle qui est couleur
[de cygne[3].

Doux pommier aux nobles fleurs,
Toi qui pousses caché dans les bois,
J'ai entendu des nouvelles au point du jour :
Gwasawg, le soutien de... [4], s'est courroucé
deux fois, trois fois, quatre fois dans la même journée.
Ô Jésus ! Si seulement ma mort était survenue
avant que je sois devenu coupable de la mort du fils de
[Gwenddydd !
Doux pommier, toi qui pousses sur une berge de rivière,
l'intendant qui s'approche de toi ne réussira pas à obtenir
[tes beaux fruits ;
au temps où j'avais toute ma raison, je possédais
[régulièrement à ton pied

une femme à la peau blanche, dénuée de pudeur, mince
[et semblable à une reine.
Depuis cinquante ans, dans la misère du bannissement,
j'ai erré en compagnie de la folie et des fous.
Après les biens considérables et les plaisants ménestrels,
je souffre à présent du dénuement, en compagnie de la
[folie et des fous.

---

1. La bataille d'Arderyd est bien répertoriée par les historiens.
Elle s'est déroulée au VIe siècle, au nord de Carlisle, dans cette
région frontière entre l'Angleterre et l'Écosse où sont situées les
histoires légendaires galloises. Il semble qu'elle ait opposé différents royaumes des Bretons du Nord. 2. Collier d'or, distinction
de noblesse et de bravoure. 3. « Blanc » se dit en breton *gwen*.
La femme en question est alors sans doute la sœur du poète,
Gwenddydd. Rappelons que dans la *Vie de Merlin* de Geoffroy de
Monmouth, c'est Ganiéda qui, préoccupée par le sort de son frère,
le fait rechercher dans le royaume et c'est elle qui vient partager
sa vie dans sa retraite au fond des bois à la fin de l'ouvrage ; enfin,
elle se met à prophétiser comme lui. 4. Mot manquant dans le
manuscrit.

À présent, je ne dors plus, je tremble pour mon seigneur, mon souverain Gwenddolau et mes compatriotes.
Après avoir enduré la maladie et la peine dans la forêt de [Celyddon [1],
puissé-je être reçu dans la félicité auprès du Seigneur des [multitudes !

---

1. Ce nom gallois est l'équivalent de la Calédonie, nom d'origine latine pour désigner l'Écosse. La Calédonie est une région boisée qui se trouve précisément au sud de l'Écosse.

SAINT KENTIGERN ET LAILOKEN

*La légende de Lailoken est écossaise : nous en
connaissons deux épisodes écrits en latin au XIIᵉ siècle
qui racontent la vie de saint Kentigern. Dans l'extrait
intitulé* Le roi Meldred et Lailoken, *Lailoken, parce qu'il
refuse de répondre aux questions du roi, est emprisonné,
mis à jeûner pendant trois jours, après quoi il éclate de
rire en voyant une feuille accrochée dans les cheveux de
la souveraine. Dans* Saint Kentigern et Lailoken[1], *il
apparaît explicitement sous la figure de l'homme sauvage, ancien guerrier rendu fou lors d'une terrible
bataille, homme prophétisant sans être cru et prédisant
en particulier sa triple mort. On retrouve ainsi de
manière flagrante des éléments que la* Vie de Merlin *de
Geoffroy de Monmouth exploite de manière similaire, ce
qui tend à prouver l'existence d'une tradition, bien anté-
rieure à ces textes ; sous l'habillage chrétien de l'époque
médiévale, se cacherait une figure sylvestre celtique
cumulant en elle les fonctions de la royauté et de la prédiction divine, dont la folie et la vie sauvage seraient un
châtiment.*

À l'époque où saint Kentigern avait coutume de se retirer au désert, un beau jour, alors qu'il priait avec ferveur

---

1. L'extrait que nous traduisons se trouve édité par H. L. D. Ward
dans la revue *Romania*, 1974, t. XXII, p. 514-522.

dans un bois isolé, voici qu'un individu fou, nu et hirsute, dénué de tout, passa près de lui, comme un homme sauvage furieux. Il était connu sous le nom de Lailoken et certains affirmaient qu'il s'agissait de Merlin, extraordinaire prophète aux yeux des Bretons ; mais on n'en est pas sûr.

On raconte que, l'ayant vu, saint Kentigern l'aborda ainsi :

« Au nom du Père et du Fils et du Saint-Esprit, je t'en conjure, qui que tu sois, créature de Dieu, dis-moi si tu tiens de Dieu et si tu crois en Dieu : qui es-tu et pourquoi erres-tu solitaire dans cet endroit désert, en compagnie des bêtes de la forêt ?

— Je suis chrétien, répondit le fou qui s'arrêta aussitôt de courir, quoique indigne d'un tel nom. J'endure dans cet endroit désert un rude destin à cause de mes péchés : vivre avec les bêtes sauvages, parce que je ne suis pas digne que mes péchés soient châtiés parmi les hommes. Je suis en effet le responsable du massacre de tous ceux qui ont péri dans la bataille, bien connue de tous les habitants de cette région, qui a eu lieu dans la plaine entre Lidel et Carwannok. Lors de ce combat, le ciel a commencé à se déchirer au-dessus de moi et j'ai entendu une voix, semblable à un énorme fracas, qui me disait, venue du ciel : "Lailoken, Lailoken, parce que toi seul es responsable du sang de tous ces hommes morts, toi seul seras châtié pour les crimes de tous. Tu seras en effet livré aux anges de Satan jusqu'au jour de ta mort et tu séjourneras au milieu des bêtes sauvages de la forêt." Mais, alors que je dirigeais mon regard vers la voix que j'avais entendue, j'ai vu une lumière si intense qu'aucun homme n'aurait pu la supporter. J'ai vu également des bataillons innombrables, des armées dans les cieux semblables au flamboiement d'un éclair, tenant en main des lances de feu, des javelots étincelants qu'ils brandissaient furieusement dans ma direction. Alors l'esprit du mal s'est saisi de moi, m'a arraché à moi-même et m'a assigné, comme tu peux l'observer, aux bêtes sauvages de la forêt. »

Sur ces mots, il bondit dans une zone isolée de la forêt, connue seulement des bêtes et des oiseaux sauvages.

Ému par son sort, saint Kentigern prie pour ce malheureux. Par la suite, Lailoken se met à prophétiser en des termes très obscurs, que notent cependant par écrit les clercs, mais il trouble aussi la méditation du saint et de ses clercs par ses hurlements. Un jour, Lailoken fait demander la communion à saint Kentigern parce qu'il va mourir. Kentigern, le saint évêque, dépêche l'un de ses clercs auprès de Lailoken pour savoir comment celui-ci mourra et s'il mourra le jour même.

Le clerc se dirigea donc vers le dément et lui parla comme le lui avait ordonné son évêque. Celui-ci lui répondit : « Le fait est qu'aujourd'hui je mourrai écrasé sous les pierres et empalé. »

De retour chez l'évêque, le clerc rapporta ce qu'il avait entendu de la bouche du fou. L'évêque cependant lui demanda d'y retourner, disant qu'il ne croyait pas à cette histoire de mort. « Mais laissons-le dire de manière plus exacte quand et de quelle mort il mourra. Si par hasard, ajouta-t-il, ce malheureux pouvait dire la vérité et être constant dans ses propos, au moins le dernier jour de sa vie ! » Le fait est que jamais il n'avait dit deux fois la même chose ; il avait pourtant l'habitude de se répéter dans ses prophéties, mais toujours de manière oblique, avec des détours.

Ainsi, interrogé par le clerc une deuxième fois, l'homme insensé lui répondit : « Aujourd'hui, mon corps sera transpercé par une pique en bois acéré et mon esprit ainsi s'en ira. »

Le clerc retourna de nouveau vers l'évêque et lui rapporta ce que l'homme privé de raison lui avait dit. L'évêque réunit alors ses clercs.

« Vous venez vous-mêmes d'entendre, leur dit-il, pourquoi j'hésite à lui accorder sa requête : il ne garde jamais la juste mesure quand il parle.

— Seigneur, Révérend Père, ne te mets pas en colère

contre nous si, une fois de plus, nous te prions d'avoir pour lui de l'indulgence. Mets-le à l'épreuve une troisième fois, pour voir si par hasard il peut rester fidèle dans quelques paroles. »

L'évêque envoya donc pour la troisième fois le clerc pour demander à ce malheureux béni de Dieu de quelle mort il finirait sa vie.

« Aujourd'hui, répondit alors le fou, je serai englouti par les flots et terminerai ainsi ma vie sur terre.

— Frère, répondit le clerc au comble de l'indignation, tu agis avec stupidité et non-sens, en fourbe et en menteur : tu demandes à un homme saint et sincère de te fortifier par une nourriture spirituelle qui ne peut être donnée qu'aux hommes loyaux et justes ! »

Voici que le malheureux dément, désormais béni de Dieu, recouvra son intelligence par la grâce du Seigneur et il éclata en sanglots.

Lailoken demande que saint Kentigern lui donne la communion, ce que celui-ci finit par faire, sur les instances pressantes de ses clercs. Puis, ayant reçu la bénédiction de Kentigern, il s'enfuit à nouveau dans les solitudes boisées. Mais, le jour même, la prédiction divine s'accomplit : poursuivi par des bergers, il est lapidé, fouetté à mort, puis précipité agonisant d'une falaise dans une rivière, où il s'empale sur un pieu acéré.

HISTOIRE DES ROIS DE BRETAGNE
de Geoffrey de Monmouth

*C'est dans l'*Histoire des rois de Bretagne[1] (Historia Regum Britanniae), *rédigée en latin entre 1135 et 1138, que le nom de Merlin apparaît pour la première fois dans la littérature. Son auteur, un clerc gallois d'origine bretonne, entreprend dans ce vaste ouvrage en prose de retracer l'histoire des rois bretons depuis l'origine mythique du premier d'entre eux, Brutus, arrière-petit-fils d'Énée, le héros troyen bien connu, jusqu'au dernier d'entre eux, mort à la fin du* vi[e] *siècle, en passant par le roi Arthur. En s'inspirant d'écrits historiques et de sources populaires folkloriques, Geoffroy de Monmouth donne à la culture celtique ses lettres de noblesse. Au cœur de cet ensemble, trônent en bonne place Merlin, le prophète des rois, et Arthur, le roi légendaire à qui il assure une formidable promotion. Les principales composantes du personnage de Merlin sont ici mises en place. En particulier, Merlin révèle au cœur de l'ouvrage, sous une forme obscure et peu compréhensible, l'histoire nationale à venir et l'on sait que ses prédictions constituaient à l'origine un opuscule autonome écrit en 1134,*

---

1. L'édition suivie est celle donnée par N. Wright dans *The Historia Regum Britannie of Geoffrey of Monmouth*, Cambridge, D. S. Brewer, 1984. Nous indiquons entre crochets les numéros de paragraphes du texte latin.

Les Prophéties de Merlin. *C'est l'entrée en scène du personnage que nous avons choisi de présenter ici.*

Première apparition littéraire de Merlin : l'enfant sans père

[106] À cette nouvelle[1], Vertigier[2] consulta de nouveau ses mages[3] pour qu'ils lui expliquent la raison de ce phénomène. Ceux-ci répondirent qu'il lui fallait chercher un jeune garçon sans père et le tuer une fois qu'il aurait été trouvé, pour asperger de son sang le mortier et les pierres. Ils soutenaient en effet que ce procédé servirait à consolider les fondations. Sans tarder, on envoya des messagers à travers toutes les provinces du royaume à la recherche d'un tel être. Peu après, à leur arrivée dans la ville qui s'est appelée depuis Kaermerdin[4], les messagers remarquèrent des garçons jouant devant les portes. Ils s'approchèrent d'eux et, fatigués par leur voyage, s'assirent en cercle, décidés à guetter l'objet de leur quête. Alors que le jour touchait à sa fin, une dispute éclata soudain entre deux des garçons, nommés Merlin et Dinabut. Voici que, dans leur bagarre, Dinabut dit à Merlin :

« Pourquoi rivalises-tu avec moi, espèce de bouffon ? Nous n'aurons jamais la même noblesse ! Moi, en effet, je suis issu de souche royale par mon père et par ma

------

1. Pour se défendre contre les Saxons, Vertigier a reçu le conseil d'édifier une tour très solide qui lui servira de refuge. Les travaux commencent, mais les fondations, à peine creusées, sont systématiquement englouties le lendemain.   2. Nous adoptons cette version, par souci d'uniformisation sur l'ensemble de l'ouvrage, alors que le texte propose comme nom Vortegirn.   3. Le nom de « mage » (latin *magus*), par différence avec celui de « clerc » (latin *clericus*), oriente le lecteur médiéval du côté du paganisme celtique et non pas de la chrétienté : se dessine derrière ce nom la figure d'un druide.   4. L'interprétation étymologique selon laquelle la ville s'est appelée depuis lors, en l'honneur de l'enfant qui y fut trouvé, Kaermerdin (Carmarthen) est fausse. Le nom en effet signifie « forteresse de la mer » et non pas « ville de Merlin ». En revanche, certains pensent que c'est à partir du nom de cette ville que l'on a forgé le nom de Myrddin-Merlin.

mère. Mais toi, on ignore qui tu es, puisque tu n'as pas de père. »

À ces mots, les messagers redressèrent la tête et, considérant attentivement Merlin, ils interrogèrent le cercle des spectateurs sur son identité. On leur répondit que l'on ignorait quel père l'avait engendré. Sa mère en revanche était la fille du roi de Démétie [1] et elle vivait au milieu des religieuses dans l'église de Saint-Pierre, dans cette même ville. [107] Les messagers se dépêchèrent donc d'aller trouver le préfet de la ville et lui recommandèrent, sur ordre du roi, d'envoyer Merlin et sa mère auprès du souverain. Dès qu'il eut appris la raison de leur mission, le préfet expédia aussitôt Merlin et sa mère auprès de Vertigier pour qu'il pût faire d'eux ce que bon lui semblait.

Quand on les eut conduits en sa présence, le roi accueillit avec des égards la mère dont il connaissait l'origine noble. Puis il se mit à lui demander de quel homme elle avait conçu son garçon.

« Je le jure sur ma vie et sur la tienne, seigneur mon roi, lui répondit-elle, je ne connais pas la personne qui l'a engendré en moi. Je sais cependant une chose : quand j'étais dans mes appartements avec mes compagnes, quelqu'un m'apparaissait, sous l'aspect d'un très beau jeune homme, et très souvent il m'embrassait avec effusion, m'enlaçant étroitement. Et, après avoir passé un peu de temps avec moi, subitement il disparaissait complètement de ma vue. Souvent également, il me parlait pendant que j'étais assise à l'écart, mais sans jamais se montrer. Après m'avoir ainsi fréquentée, il s'unit à moi très souvent sous l'aspect d'un homme et m'abandonna quand je fus enceinte. Sache, dans ta sagesse, ô mon maître, que je n'ai pas connu autrement l'homme qui a engendré ce garçon. »

Rempli d'étonnement, le roi ordonna donc de faire venir Maugant auprès de lui pour qu'il lui révèle si les affirmations de cette femme pouvaient être fondées. On amena Maugant ; après avoir écouté tous les faits, relatés point par point, il répondit à Vertigier :

---

1. Région de Grande-Bretagne située au sud-ouest du pays de Galles actuel.

« J'ai découvert dans les livres de nos philosophes et dans de nombreuses histoires que beaucoup d'hommes avaient été procréés de la sorte. En effet, selon Apulée [1] au sujet du dieu de Socrate, des esprits appelés démons incubes [2] habitent entre la terre et la lune. Ils participent à la fois de la nature des hommes et de celle des anges ; ils prennent quand ils le veulent figure humaine et s'unissent à des femmes. C'est peut-être l'un d'eux qui est apparu à cette femme et a engendré en elle ce jeune garçon. »

La tour branlante de Vertigier

[108] Merlin, qui avait été très attentif à tous ces discours, s'approcha du roi :

« Pourquoi ma mère et moi, lui dit-il, avons-nous été conduits devant toi ?

— Mes mages, lui répondit Vertigier, m'ont recommandé de rechercher un être sans père pour asperger de son sang mon ouvrage : cela lui permettrait de ne pas s'écrouler.

— Ordonne à tes mages, lui dit alors Merlin, de venir devant moi et je prouverai qu'ils ont menti. »

Surpris de ces derniers propos, le roi ordonna à ses mages de venir et de s'asseoir devant Merlin.

« Ignorant ce qui gêne les fondations de la tour entreprise, leur dit Merlin, vous avez conseillé de répandre mon sang sur le mortier, comme si immédiatement l'ouvrage en serait consolidé. Mais dites-moi ce qui se cache sous les fondations. De fait, sous elles, se trouve quelque chose qui empêche la tour de tenir. »

---

1. Écrivain latin (vers 125 - après 170), entre autres auteur d'un ouvrage intitulé *Du Dieu de Socrate* auquel il est fait ici allusion, qui traite de démonologie et qui connut un très grand succès au Moyen Âge.   **2.** La croyance aux incubes est générale au Moyen Âge.

Effrayés, les mages gardèrent le silence. Alors Merlin, qu'on appelait aussi Ambroise[1], reprit la parole :

« Seigneur mon roi, appelle tes ouvriers et ordonne-leur de creuser la terre : tu trouveras en dessous un étang qui empêche ta tour de tenir. »

Quand ce fut fait, on découvrit un étang souterrain qui interdisait toute stabilité. Ambroise Merlin aborda de nouveau les mages :

« Dites-moi, vils courtisans menteurs, ce qu'il y a sous cet étang. » Mais, comme ils s'abstenaient de répondre et gardaient le silence, Merlin continua. « Donne l'ordre d'évacuer l'eau de l'étang par de petites rigoles et tu verras au fond deux pierres concaves sous lesquelles dorment deux dragons. »

Le roi crut à ses propos parce qu'il avait dit la vérité au sujet de l'étang ; il ordonna de vider celui-ci. Il était au comble de l'admiration pour Merlin ; toute l'assistance présente l'admirait également et considérait qu'un tel savoir était dû à la présence d'une puissance divine en lui.

Les travaux révèlent effectivement deux dragons, un rouge et un blanc, qui, sitôt libérés, se combattent : le blanc oblige le rouge à reculer. Interrogé par Vertigier qui lui demande ce que cela présage, Merlin fond en larmes et entre en transe. Il se livre à toute une série de prophéties parfois très obscures annonçant le malheur des Bretons (le dragon rouge) qui seront asservis par les Saxons (le dragon blanc). Un sanglier de Cornouailles (qui préfigure peut-être le roi Arthur) viendra lutter contre les envahisseurs. Enfin, Merlin annonce à Vertigier sa mort prochaine et l'arrivée des héritiers royaux, Aurèle et Uterpendragon, qu'il a évincés de la succession au trône de leur père.

---

1. Geoffroy de Monmouth suit ici la leçon donnée par l'*Histoire des Bretons* (*Historia Britonnum*) attribuée à Nennius dont il s'inspire (ce Nennius étant lui-même héritier du chroniqueur breton Gildas), et selon laquelle l'enfant sans père s'appelle Aurèle Ambroise (*Aurelius Ambrosius*, en latin).

LA VIE DE MERLIN
de Geoffrey de Monmouth

Vers 1150, avec la Vie de Merlin [1] (Vita Merlini, *en latin), Geoffrey de Mounmouth annexe définitivement le personnage de Merlin, connu jusque-là comme un prophète et un magicien national, mais issu de la mythologie ou du folklore celte. À vrai dire, son ouvrage, écrit en vers, est moins biographique que ne le laisse entendre son titre, puisque rien n'y est dit de la naissance ou de l'enfance, par exemple, de Merlin, et que seule la partie de la vie où le roi est fou y est contée. Tout en lui conservant ses dons essentiels de prophète et de devin, il dote ce personnage, même succinctement, d'un statut social, d'une famille et d'une psychologie : Merlin est roi, il a une sœur, une épouse et un beau-frère, il est frappé de folie et vit comme un homme sauvage en étroite communion avec la nature dont il connaît les secrets. Le contexte chrétien y est très peu important et l'intérêt de ce texte, qui semble parfois décousu, est de nous proposer une figure primitive, très différente de celle qui apparaissait dans les deux autres livres de Geoffroy de Monmouth et qui préfigurait l'Enchanteur que mettront en scène les*

---

1. L'édition suivie est celle donnée par E. Faral dans *La Légende arthurienne. Études et documents*, Paris, Honoré Champion, 1969, t. III. Nous indiquons entre crochets les numéros de vers du texte latin.

romans français ultérieurs : son Merlin évoque un druide initié à des secrets supérieurs.

La folie de Merlin : où le roi devient homme sauvage

Dans un bref prologue, le narrateur annonce qu'il va chanter « la folie du devin et prophète Merlin » en s'accompagnant d'une harpe.

[19] Merlin le Breton était réputé dans le monde entier, lui qui avait vécu sous de nombreux rois. Il était roi et devin : c'est lui qui fixait les lois du glorieux peuple des Démètes[1] et qui prédisait l'avenir à leurs chefs. Cependant, un conflit éclata opposant plusieurs nobles seigneurs du royaume : [25] lors de cette guerre impitoyable, d'innocentes populations périrent massacrées dans les villes.

Cette guerre sans merci fait des ravages dans les deux camps : d'un côté, les Scots, d'origine irlandaise, de l'autre, les Bretons du sud de l'Écosse, menés par Pérédur, aidés de Merlin et de Rodarch, ses alliés. Lors d'une grande bataille, décisive, qui décime les rangs des guerriers, les trois frères de l'un des chefs, Pérédur ou Merlin[2], trouvent la mort. La victoire finale des Bretons ne réussit pas à calmer le profond désespoir de Merlin.

[65] Il pleurait ses guerriers en répandant sans discontinuer des flots de larmes. Il recouvrit ses cheveux de cendres et lacéra ses vêtements ; terrassé, il se mit alors à se rouler de tous côtés. Pérédur, les nobles seigneurs et les autres chefs s'efforcèrent de le consoler, mais il ne voulut ni consolations, ni supplications. À partir de ce moment, il pleura trois jours entiers, refusant toute nourri-

---

1. Peuple de Grande-Bretagne qui vivait au sud-ouest du pays de Galles actuel. **2.** Le texte latin ne permet pas de trancher.

ture, tant la douleur qui le consumait était vive. Alors qu'il remplissait les airs de ses plaintes si nombreuses et si intenses, il fut pris d'un nouvel accès de folie : il s'éloigna en cachette, pour s'enfuir dans la forêt sans être vu.

[75] Il pénétra dans le bois, heureux de se cacher sous les frênes. Il contemplait les bêtes sauvages en train de paître l'herbe du sous-bois. Tantôt il en poursuivait une, tantôt il en dépassait une autre à la course. Il se nourrissait de racines de plantes, de jeunes pousses, de fruits des arbres et de mûres des ronciers. Il devint un homme sauvage comme s'il avait été conçu par la forêt[1]. Pendant tout l'été qui suivit, personne ne le découvrit et il oublia tout : lui-même, ses parents ; il demeura caché dans les bois, se comportant comme une bête sauvage. Mais quand vint l'hiver, qui emporte les plantes et tous [85] les fruits des arbres, et qu'il n'y eut plus rien à recueillir, il se répandit en plaintes sur un ton pitoyable :

« Ô Christ, Dieu du ciel, que faire ? En quel endroit du monde pourrai-je demeurer, quand je ne vois plus rien près de moi dont je puisse me nourrir, ni plante dans la terre, ni glands dans les arbres ? Douze pommiers se dressaient ici, portant chacun, de manière inépuisable, sept fruits[2] ; à présent, ils ne sont plus là. Qui donc me les a dérobés en cachette, oui qui ? Où ont-ils disparu soudainement ? Tantôt je les vois, tantôt je ne les vois pas. C'est ainsi que le destin s'oppose à moi ou bien s'accorde à moi selon qu'il m'empêche ou me permet de les voir. [95] Tantôt ce sont les pommes qui me manquent, tantôt c'est tout le reste. Voici le bois, sans feuillage et sans fruits : je souffre de l'une et de l'autre de ces absences puisque je ne puis plus m'abriter de son feuillage ni me nourrir de ses fruits. Le solstice d'hiver et l'auster[3] avec ses chutes de pluie les ont emportés un par un. Si par hasard je trouve des navets enfoncés profondément dans la terre, les porcs gloutons et les sangliers

---

1. L'adjectif *sauvage* vient du latin *silvaticus*, dérivé du nom *silva*, « forêt » : il signifie proprement « qui est fait pour la forêt ». **2.** Voir p. 20 la note concernant les pommiers dans le poème du même nom attribué au barde mythique Myrddin. **3.** Vent violent du sud.

voraces se précipitent pour me les arracher dès que je les ai retirés du sol.

« Toi, loup[1], ô mon cher compagnon qui parcours d'habitude avec moi les chemins détournés des bois et des pacages, à peine as-tu la force de longer les champs : une faim terrible nous contraint, toi et moi, à la faiblesse. [105] C'est toi qui le premier as habité ces forêts, c'est à toi que la vieillesse a en premier blanchi le poil et voici que tu n'as ni ne sais que te mettre sous la dent. Cela m'étonne, puisque les pacages regorgent de tant de chevreuils et autres bêtes sauvages que tu es capable d'attraper. Peut-être la maudite vieillesse t'a-t-elle privé de ta vigueur et te refuse-t-elle la possibilité de courir ? La seule chose qui te reste, c'est de remplir les airs de tes hurlements et, couché sur le sol, de détendre tes membres épuisés. »

Découverte et capture de Merlin

Alors qu'il était en train de chanter ainsi au milieu des arbrisseaux et des noisetiers touffus, le son de sa voix parvint aux oreilles d'un passant : [115] celui-ci se dirigea vers l'endroit d'où provenaient, par la voie aérienne, ces paroles ; il trouva le lieu ainsi que celui qui parlait. En le voyant, Merlin prit la fuite ; le voyageur suivit le fugitif, mais sans être toutefois capable de l'arrêter. L'homme reprit alors son chemin vers le lieu où il avait décidé de se rendre, s'en tenant à son projet, mais bouleversé par le sort de l'individu qu'il avait vu fuir.

Or, voici qu'il rencontra un autre voyageur qui venait de la cour de Rodarch, le roi de Cambrie[2] ; celui-ci avait pris pour épouse Ganiéda, une femme bien faite qui le rendait

---

1. Le loup se dit en breton *bleiz*, ce qui renvoie au nom que porte le confesseur de la mère de Merlin dans l'ouvrage de Robert de Boron : Blaise. Merlin est donc essentiellement lié à cette figure du loup, qui est toujours son intime compagnon. **2.** Nom d'un pays correspondant à peu près au pays de Galles actuel.

heureux. C'était la sœur de Merlin et elle se désolait du sort
[125] de son frère. Elle avait envoyé des vassaux à elle en
direction des bois et des campagnes reculées pour ramener
son frère. C'était l'un d'eux qui avait rencontré sur sa route
le voyageur qui cheminait droit devant lui, comme je l'ai
dit. En se croisant, ils échangèrent quelques propos. Celui
qui avait été envoyé à la recherche de Merlin demanda à
l'autre s'il l'avait vu dans les bois ou les cols montagneux.
Ce dernier reconnut avoir aperçu un tel homme au milieu
des sous-bois broussailleux de la forêt calédonienne, mais,
lorsqu'il avait voulu lui parler et s'asseoir à ses côtés, cet
homme s'était enfui en courant vite à travers un bois de
chênes. [135] Sur ce, l'envoyé de Rodarch s'éloigna et
s'enfonça discrètement au cœur de la forêt, explorant le
fond des vallées, s'avançant aussi sur les sommets des
montagnes : il chercha son homme partout, parcourant les
lieux les plus ténébreux.

Il y avait une source au sommet d'une montagne,
entourée de toutes parts de noisetiers et d'arbrisseaux
touffus. C'est là que Merlin était assis, contemplant de
cet endroit la forêt, la course et les ébats des bêtes sauvages. Le messager escalada cette montagne, marchant
sans faire de bruit en gravissant la pente, à la recherche
de son homme ; il finit par voir la source et, par-derrière,
assis sur l'herbe, Merlin [145] qui se lamentait.

*Le messager écoute les plaintes du prophète, puis il
l'interrompt bientôt en jouant quelques accords de
musique sur une harpe qu'il a emportée dans l'espoir de
charmer et d'apaiser l'homme en proie au délire. Il
chante alors à son tour le désespoir de Gwendolyne,
l'épouse que Merlin a abandonnée et qui se meurt de
chagrin, et de Ganiéda, sa sœur.*

[199] Le messager réussit à charmer les oreilles du
devin si bien que celui-ci se radoucit et se réjouit de la
compagnie du chanteur. Promptement, le devin se leva et
adressa au jeune homme de plaisants propos, le priant
de jouer de nouveau et de chanter la même élégie que

précédemment. Celui-ci appliqua ses doigts sur sa harpe et il rejoua [205] le même chant demandé : par sa mélodie, il obligea notre homme, conquis par la douceur de l'instrument, à abandonner peu à peu sa folie. Merlin retrouva alors la mémoire, il se rappela ce qu'il était normalement, il fut stupéfait de cet accès de folie qui lui fut odieux. Son intelligence d'autrefois lui revint, tout comme ses sentiments : ému de tendresse, il gémit au nom de sa sœur et à celui de son épouse et, ayant recouvré la raison, il demanda à être conduit à la cour du roi Rodarch. L'autre lui obéit et ils quittèrent immédiatement les forêts. Ils arrivèrent aussi heureux l'un que l'autre dans la ville royale.

[215] La reine se réjouit de retrouver son frère et l'épouse fut heureuse du retour de son mari. Redoublant de baisers à qui mieux mieux, elles entouraient son cou de leurs bras, elles débordaient d'amour. Le roi lui aussi accueillit celui qui était de retour avec les honneurs dus à son rang, tandis que les nobles seigneurs de sa maison autant que la foule dans toute la ville étaient en liesse. Mais, en voyant autant de monde présent, Merlin n'eut pas la force de le supporter plus longtemps : il fut saisi d'un accès de folie et, de nouveau rempli de fureur, il eut envie de regagner les bois, chercha à se retirer en cachette.

[225] Alors Rodarch donna des instructions pour qu'on le retienne en postant un garde à ses côtés et pour qu'on apaise sa fureur avec la harpe. Il se tenait, en proie à la tristesse, auprès de Merlin, le suppliant de se montrer raisonnable, de rester avec lui et de ne plus vouloir gagner les bois ou vivre comme les bêtes sauvages sous les arbres, alors qu'il pouvait tenir le sceptre royal et exercer la justice sur des peuples intrépides. Il lui promit ensuite de lui offrir d'innombrables cadeaux : il ordonna d'apporter des vêtements, des oiseaux, des chiens, des chevaux rapides, de l'or, des pierres précieuses étincelantes, [235] des coupes ciselées par Galand[1] dans la ville de Sigène. Rodarch présenta au devin ces cadeaux un par un, les lui

---

1. Nom latinisé du forgeron divin Völundr de la mythologie germanique.

offrit en l'exhortant à rester avec lui et à renoncer à ses forêts. Mais le devin dédaigna ces dons.

« Que les chefs, répondit Merlin, troublés par la pauvreté, prennent tout cela pour eux, eux qui ne se contentent pas de peu, mais cherchent toujours à en avoir plus. À toutes ces choses, je préfère les bois et les chênes largement déployés de Calédonie, les montagnes élevées et les prairies verdoyantes à leur pied. Ce sont ces biens-là et non pas les précédents qui me plaisent. Remporte avec toi, roi Rodarch, de tels présents. C'est ma chère forêt de Calédonie, [245] féconde en noix, qui sera mon asile, elle que je préfère à tout au monde. »

Finalement, incapable de retenir par un cadeau cet homme profondément abattu, le roi ordonna de l'enchaîner solidement pour l'empêcher de gagner librement les solitudes boisées. Alors, quand le devin sentit ses chaînes autour de lui et se rendit compte qu'il ne serait plus libre de gagner la forêt de Calédonie, immédiatement, il éprouva une vive souffrance et s'enferma dans la tristesse et le silence : son visage perdit toute expression de joie, il cessa de parler, de sourire.

Rire et révélations du devin

Cependant la reine, qui souhaitait voir le roi, traversa la cour. [255] Le roi, pour complimenter selon les usages la nouvelle venue, la prit par la main et l'invita à s'asseoir ; il l'enlaça et lui donna un baiser. Ce faisant, tandis qu'il tournait son visage vers elle, il aperçut une feuille accrochée à ses cheveux. Il tendit la main et l'enleva, la jeta à terre, plaisantant gaiement avec celle qu'il aimait. Le devin, qui avait levé les yeux vers eux, éclata de rire : tous ceux qui se trouvaient là tournèrent la tête pour le regarder, stupéfaits de l'entendre rire. [265] Le roi s'en étonna également et demanda à cet individu dément de lui dire la raison de ce rire si soudain, ajoutant à ses propos la promesse de nombreux cadeaux. Merlin garda le silence, remettant à plus tard d'expliquer son rire. Rodarch insista de plus en plus, cherchant à l'influencer par des récompenses et des prières. Indigné à la fin par ces gratifications, Merlin prit la parole :

« L'avare aime bien les présents et le cupide se donne du mal pour posséder des biens. Ces hommes se plient facilement à tout ce qu'on leur ordonne. Parce qu'ils sont corrompus par les présents, ce qu'ils ont ne leur suffit pas. [275] Mais moi, je me suffis des glands de la charmante Calédonie, des sources limpides qui s'écoulent à travers les prairies parfumées. Ce n'est pas avec un présent qu'on m'attrape : que l'avare emporte ses richesses ! Si l'on ne me rend pas la liberté et que je ne regagne pas les vallées verdoyantes de mes bois, je refuse d'expliquer mon rire. »

Puisqu'il n'avait pu fléchir le devin par aucun présent ni savoir pourquoi il avait ri, Rodarch ordonna de libérer sur l'heure Merlin de ses chaînes et lui octroya la permission de gagner la solitude des bois à la condition qu'il accepte d'exposer le motif de son rire, ce que tous avaient à cœur. [285] Merlin, tout heureux de pouvoir partir, prit alors la parole.

« Voici pourquoi j'ai ri : Rodarch, tu mérites à la fois d'être blâmé et loué pour la même action. En enlevant tout à l'heure la feuille que la reine, sans le savoir, portait dans ses cheveux, tu t'es montré envers elle plus fidèle qu'elle ne l'a été envers toi, quand elle s'est glissée dans les broussailles où son amant l'a rejointe pour coucher avec elle. Pendant qu'elle était étendue là, une feuille tombant par hasard s'est accrochée dans ses cheveux dénoués, celle-là même que tu as enlevée, ignorant toute l'affaire. »

En entendant une telle accusation, [295] Rodarch s'assombrit sur-le-champ et détourna son regard de sa femme, maudissant le jour où il l'avait épousée.

Sans s'émouvoir, la reine tente de dissuader son époux de croire les propos d'un fou : d'ailleurs, elle a trouvé un stratagème qui va prouver que Merlin délire. Elle fait donc venir par trois fois un enfant sous des allures différentes et demande au devin de prédire de quelle façon il mourra quand il sera adulte : Merlin fait trois réponses différentes (en tombant d'un rocher, dans un arbre, dans un fleuve). La triple mort annoncée pour la même personne permet à la souveraine de triompher et de se disculper provisoirement, jusqu'à ce que la prédiction se réalise exactement, quelques années plus tard : à la poursuite d'un cerf, l'homme tombe dans un précipice, il est noyé dans un fleuve, restant suspendu à une branche d'arbre. Merlin, de son côté, est déjà retourné à la vie sauvage dans les bois.

Retour à la raison : hymne à la Création

Le temps passe, chargé en événements, et Merlin, toujours, reste vivre dans la forêt de Calédonie, prophétisant l'avenir du royaume et faisant noter ses propos par des scribes. Voici qu'un jour il arrive près d'une source qui vient de jaillir au pied des montagnes.

[1145] Peu après, assoiffé, il se pencha vers le torrent, but de bon cœur et se mouilla les tempes : dès que le liquide eut circulé à l'intérieur de son estomac et de son intestin, calmant jusqu'à les faire disparaître les miasmes de ses entrailles, Merlin reprit conscience, recouvrant sur-le-champ sa raison ; il perdit définitivement toute sa fureur. Lui qui était depuis longtemps engourdi retrouva ses facultés au même moment : il redevint ce qu'il avait été auparavant, sain et jouissant à nouveau de sa raison recouvrée. Alors, rendant grâces à Dieu, il leva son visage vers le ciel [1155] et prononça avec dévotion ces paroles :

« Ô Roi céleste, c'est par Toi qu'existe le mouvement bien réglé des étoiles, c'est par Toi que la mer et la terre féconde en heureuses germinations offrent leurs richesses couvées en leur sein : par leur abondance prodigue, elles assurent le salut du genre humain en offrant leur aide sans cesse renouvelée, c'est grâce à Toi que j'ai recouvré mes facultés et que mon délire s'est évanoui ! J'étais ravi à moi-même ; comme un esprit, je connaissais les actions des peuples qui nous avaient précédés et je prédisais l'avenir, je connaissais alors les secrets du monde physique : le vol des oiseaux, le vagabondage des étoiles, le glissement des poissons. [1165] Tout cela me tourmentait et me refusait le repos naturel à l'esprit humain qui suit la loi de ce monde. À présent, j'ai repris conscience et j'ai l'impression que se meut de nouveau en moi cette force vitale grâce à laquelle mon esprit jadis communiquait la vie à mes membres. C'est donc envers Toi, Père Très-Haut, que je me dois d'être redevable : je chanterai d'un cœur juste des louanges dignes de Toi, toujours heureux de te faire d'heureuses offrandes. En outre, ta main généreuse m'a offert deux présents en un, avec cette nouvelle source jaillie de ce tapis d'herbe verte : voici que j'ai depuis peu à ma disposition l'eau dont j'étais privé jusque-là [1175] et c'est en la buvant que j'ai recouvré ma santé mentale. » [...]

[1254] La rumeur se répandit dans tout le pays qu'une nouvelle source avait jailli dans la forêt de Calédonie : en buvant de son eau, un homme qui, depuis longtemps, souffrait de folie et vivait dans les bois à la manière des bêtes sauvages, avait été guéri. Aussi les chefs et les notables vinrent-ils pour constater les faits et se réjouir avec le devin guéri par cette source. Ils lui firent le compte rendu détaillé de l'état de la patrie et le prièrent de reprendre son sceptre et d'administrer sa nation, en reprenant comme à l'ordinaire la direction du royaume.

« Ô jeunes gens, répondit-il, mon âge, sur le déclin de la vieillesse, ne réclame pas une telle charge, [1265] lui qui me gâte tellement l'usage de mes membres qu'avec mes forces diminuées je puis à peine longer les champs. J'ai déjà vécu suffisamment longtemps en glorifiant les jours heureux, alors que me souriait une extrême opulence de richesses considérables, offertes à profusion. Dans cette forêt se dresse un chêne séculaire que la vieillesse, qui consume tout au monde, a mené à sa fin : la sève lui manque et il pourrit complètement. Ce chêne, moi, je l'ai vu commencer à pousser et j'ai vu le gland dont il est issu tomber par hasard [1275] pendant qu'un pivert perché sur l'arbre en secouait une branche. J'étais déjà assis presque au même endroit et, à l'affût de chaque chose, je l'ai vu pousser de lui-même. Alors, j'ai été saisi d'une crainte respectueuse pour ces régions boisées et j'ai noté mentalement l'endroit où cela s'était produit pour m'en souvenir. J'ai donc longtemps vécu. Depuis quelque temps, je suis incommodé par le poids de la vieillesse. Je refuse de régner de nouveau : les richesses de la Calédonie, à moi qui demeure sous ses frondaisons, me plaisent plus que les pierres précieuses que produit l'Inde, plus que l'or que l'on trouve, à ce que l'on dit, le long des rives du Tage, plus que les moissons de Sicile, plus que les suaves raisins de Méthidis [1285] ou encore que les tours élevées, les villes ceintes de murailles, les vêtements que la teinture de pourpre tyrienne a rendus odorants. Rien ne me plaît assez pour pouvoir m'arracher à ma Calédonie, que je ne cesse de juger agréable. C'est ici que je serai tant que je vivrai, me contentant de fruits et de plantes, et je purifierai ma chair par des jeûnes pieux afin de pouvoir mourir en trouvant la vie éternelle. »

Merlin demeure donc dans les bois, avec deux autres compagnons et sa sœur, Ganiéda, venue le rejoindre après son veuvage pour mener la même vie. À son tour, Ganiéda se met à prophétiser, comme si le pouvoir de son frère lui avait été transmis.

LE ROMAN DE BRUT
de Wace

En 1155, Wace, un clerc normand originaire de Jersey, achève Le Roman de Brut [1] *qui est une libre traduction de l'*Histoire des rois de Bretagne *de Geoffroy de Monmouth. C'est le premier ouvrage de langue française consacré à la légende arthurienne : Wace y fait du roi Arthur l'idéal chevaleresque et courtois qui connaîtra l'éclatante renommée que l'on sait. À ses côtés, intervient, comme chez son prédécesseur, le prophète Merlin. À vrai dire, en ce qui concerne Merlin, Wace reprend les épisodes et les composantes légués par l'*Histoire des rois de Bretagne *et il innove peu ; on lui doit cependant la fondation de la Table ronde qu'il attribue à Arthur. Mais son ouvrage a un retentissement considérable et il assure doublement le succès de l'œuvre de Geoffroy de Monmouth et la promotion littéraire de la matière de Bretagne. L'épisode qui suit, directement inspiré et développé de l'*Histoire des rois de Bretagne, *présente Merlin non pas comme le prophète bien connu qu'il était jusque-là dans la narration, mais, pour la première fois, comme un magicien qui se révèle tout autant extraordinaire.*

---

1. Nous traduisons *Le Roman de Brut* d'après l'édition d'I. Arnold, Paris, S. A. T. F., 1938-1940, 2 tomes. L'extrait choisi correspond aux vers 8011-8178.

Le monument funéraire de Stonehenge

Voulant rendre hommage aux chefs et princes bretons morts à Salisbury lors de la bataille qui les opposait aux troupes du Saxon Engis, le roi Aurèle[1] décide de leur construire un monument. On lui conseille de faire appel à Merlin pour préciser et mener à bien ce projet.

Le roi avait très envie de voir Merlin et voulait l'entendre parler de sa science. Il l'envoya chercher à la source de Labanes, au pays de Galles, très loin[2], mais je ne sais pas où c'est, car je n'y suis jamais allé. Celui-ci se présenta au roi qui l'avait fait venir. Aurèle lui témoigna de grandes marques d'honneur en l'accueillant, il lui fit fête, lui montra toute son amitié. Il lui demanda instamment de lui apprendre ce qu'il savait, de lui révéler l'avenir : il voulait en entendre beaucoup de sa bouche.

« Sire, répondit Merlin, non, je n'en dirai pas un mot, si ce n'est à cause d'une nécessité impérieuse et en faisant donc preuve d'une grande humilité. Si je parlais par vantardise, par légèreté ou par plaisanterie, l'esprit qui est en moi, qui m'inspire ce que je sais, se tairait, m'enlevant ma science et je ne parlerais pas plus qu'un autre. Laisse les secrets divins, songe à ce que tu dois faire. Si tu souhaites faire une œuvre qui dure, belle et opportune, dont les temps à venir continuent de parler, fais apporter ici la Carole[3] que les géants ont construite en Irlande : c'est une œuvre prodigieuse et immense, faite par des pierres

---

1. Chez Geoffroy de Monmouth et Wace, Aurèle, dont le surnom est Ambroise, est un roi légendaire de Bretagne, frère de Constant, son aîné qui devient moine, et d'Uter, son cadet qui lui succédera. 2. Petite variante par rapport au texte de Geoffroy où les émissaires royaux cherchent Merlin avant de le découvrir ; chez Wace, le roi sait d'emblée où se trouve le prophète. 3. La *carole* est un nom médiéval pour désigner un cercle, qu'il s'agisse d'une ronde de danseurs, d'une assemblée de gens, d'une disposition architecturale de colonnes, voire, comme ici de façon très particulière, de mégalithes.

disposées en cercle, mises les unes sur les autres. Ces pierres sont si nombreuses, si énormes et si lourdes qu'aucun homme n'aurait à présent la force de porter la moindre d'entre elles.

— Merlin, dit le roi en riant, dès lors que ces pierres sont trop lourdes pour qu'un homme puisse les déplacer, qui donc pourrait les apporter ici ? Comme si nous avions pénurie de pierres en ce royaume !

— Roi, reprit Merlin, tu ne sais donc pas que la ruse est supérieure à la force de l'homme ! La force a des qualités, mais la ruse est préférable, car elle est efficace là où la force est défaillante. La ruse et la magie réussissent à faire bien des choses que la force n'ose pas commencer. La ruse permettra de déplacer les pierres et tu pourras les obtenir grâce à elle. Ces pierres ont été apportées d'Afrique, d'où elles tirent leur forme originelle, par les géants qui les ont placées en Irlande. Elles sont habituellement bonnes pour la santé et bénéfiques aux malades. Les gens avaient coutume de les laver et de mêler cette eau à l'eau de leur bain. Ceux qui étaient malades, atteints de quelque infirmité, faisaient des bains avec l'eau qui avait servi à les laver : ainsi guérissaient-ils. Jamais ils ne seraient allés chercher d'autre remède pour guérir, quelle que fût leur maladie. »

Le roi accepte l'idée avec joie et une expédition armée est organisée pour aller voler les pierres en Irlande. Merlin montre le site de la Carole des Géants à ses hommes, mais ceux-ci sont incapables de faire bouger d'un pouce les pierres.

« Écartez-vous, dit Merlin, car vous n'en ferez pas davantage par la force. Vous allez voir à présent que la ruse et la science l'emportent sur la force physique. »

Alors il fit quelques pas en avant, puis s'arrêta ; il regarda autour de lui, remua les lèvres comme quelqu'un qui dit une prière, mais j'ignore si c'est ce qu'il fit ou non. Puis il rappela les Bretons.

« Approchez-vous, leur dit-il, approchez. À présent,

vous pouvez porter les pierres, les charrier jusqu'à vos navires et les embarquer [1]. »

Conformément aux instructions de Merlin, les Bretons prirent les pierres, les transportèrent jusqu'à leurs navires et les embarquèrent. Ils les menèrent en Angleterre, les portèrent dans la campagne située à côté d'Amesbury. Le roi s'y rendit à la Pentecôte, il y fit venir ses évêques, ses abbés, ses barons et beaucoup d'autres encore. [...] Alors Merlin dressa les pierres, les disposa selon leur ordre. En breton, on les appelle la Carole des Géants, en anglais Stonehenge [2], en français Pierres dressées.

Peu après cet épisode, Aurèle est empoisonné par un homme à la solde du fils de Vertigier, qui veut venger son père. Alors que se produit cet événement, une comète en forme de dragon apparaît dans le ciel. Merlin, qui a accompagné Uter en Cambrie pour lui prodiguer ses conseils en matière de combat, révèle la signification de ce présage inquiétant : le roi est mort, Uter doit se hâter de combattre pour triompher avec l'aide de Dieu ; il sera roi et son fils sera très puissant. Lors d'une fête, Uter, devenu roi, tombe amoureux d'Ygerne, la femme du duc de Cornouailles. Grâce à la magie de Merlin qui fait de lui le sosie du duc, Uter trompe Ygerne en se faisant passer pour son mari, il couche avec elle et engendre cette nuit-là le roi Arthur. Le duc meurt la même nuit ; Uter épouse aussitôt sa veuve et engendre cette nuit-là le roi Arthur : le texte revient par conséquent sur ce qu'il a affirmé précédemment et, chez Wace, le roi Arthur a, in extremis, une naissance légitime. Merlin disparaît alors du roman.

---

1. Dans l'*Histoire des rois de Bretagne*, c'est Merlin lui-même qui déplace les pierres et les fait transporter par les navires.   **2.** Stonehenge est un très réel site mégalithique, que l'on peut encore visiter aujourd'hui. On date en fait les ruines de ce temple préhistorique d'environ 4 000 ans. Une partie des pierres proviendrait du nord du site, à une trentaine de kilomètres de là, l'autre partie serait venue du sud du pays de Galles, à une distance de près de 400 kilomètres, vraisemblablement par mer et par voie d'eau notamment...

MERLIN
de Robert de Boron

La trilogie conçue par Robert de Boron témoigne de la volonté d'écrire un livre qui fera la somme du savoir sur le Graal, ce fameux vase si mystérieux qui a servi à la Cène, puis a reçu le sang du Christ et a été, depuis lors, transmis précieusement de génération en génération. Tout se tient et Merlin a sa place à jouer dans cet ensemble, parce que, à bien des égards, son histoire est parallèle à celle du Christ : lui, va prêcher un nouveau type d'Évangile, l'Évangile du Graal. Cette trilogie constitue le premier cycle que l'on connaisse de l'histoire : le livre central de Merlin [1]*, dans son adaptation en prose, a pour objet de raconter les événements qui séparent la conception de Merlin de l'avènement d'Arthur.*

*Puisant dans l'*Histoire des rois de Bretagne *de Geoffroy de Monmouth et dans sa translation en français de Wace, dans les traditions orales constituées autour du personnage de Merlin, l'auteur propose un roman qui fait de Merlin, selon Alexandre Micha, le « promoteur de la gloire et de la grandeur arthuriennes ». On sera en particulier sensible à la grande diversité des tons (tel passage fait songer à un fabliau, tel autre à une chronique historique, tel autre*

---

1. Nous traduisons ce texte d'après l'édition d'A. Micha, *Étude sur le « Merlin » de Robert de Boron*, Paris-Genève, Droz, 1980. Nous indiquons entre crochets les numéros des paragraphes.

enfin prend des allures de sermon) et au fait que, même si ce roman peut se lire comme un tout, il est fondamentalement aspiré en amont par la genèse du Graal, en aval par les prophéties du Graal et l'accomplissement du siège périlleux de la Table ronde.

Où les diables décident de créer un Antéchrist

En apprenant la descente du Christ aux enfers, les démons tiennent conseil pour organiser leur défense face à l'homme qui semble bien être ce fils de Dieu dont les prophètes ont annoncé jadis la venue sur terre. Ce libéra- teur de l'humanité, en rachetant les péchés des hommes, en leur promettant la vie éternelle s'ils se conduisent selon ses préceptes d'amour ou se repentent à l'instant de leur mort, leur cause une grave concurrence : il leur faut agir !

[1] « Mais comment pourrions-nous avoir un homme qui leur parle de notre intelligence, de nos pouvoirs et de notre manière de vivre exactement tels qu'ils sont ? Nous avons en effet la faculté de savoir tout ce qui s'est fait, dit et produit ; si nous avions un homme qui ait ce pou- voir, qui sache cela et qui vive avec les autres hommes sur terre, il pourrait bien nous aider à les tromper, comme le faisaient les prophètes à notre solde quand ils prédi- saient ce qui ne nous semblait pas possible [1]. Cet homme révélerait ainsi ce qui s'est fait et dit dans le passé reculé ou proche et cela lui permettrait d'avoir la confiance de bien des gens. Quelle belle action, dirent-ils de concert, ferait celui qui pourrait créer un tel homme, car il aurait droit à une confiance absolue !

— Je n'ai pas, pour ma part, dit alors l'un d'eux, le pouvoir de procréer en fécondant une femme, mais si je

---

1. Allusion aux faux prophètes qu'évoque l'Ancien Testament.

l'avais, je pourrais le faire aisément, car je dispose d'une femme qui fait et dit tout ce que je veux.

— Il y en a un parmi nous, reprennent les autres, qui peut aisément prendre l'apparence d'un homme et avoir des rapports sexuels avec une femme ; mais il convient qu'il le fasse le plus discrètement possible. »

Ainsi, après ce débat, les diables entreprirent d'engendrer un homme qui tromperait ses semblables en leur faveur. Quels fous d'aller s'imaginer que Notre-Seigneur qui sait tout ne saura rien de leurs manœuvres !

Le diable qui a parlé d'une femme qui lui est toute dévouée va alors la trouver : celle-ci effectivement lui accorde son âme et tout ce qu'elle possède, son mari y compris. Le meilleur moyen, selon elle, de réussir à tromper son époux, est de le mettre en colère et de le pousser à bout. Sans tarder, le diable s'en prend donc aux biens de l'époux, qu'il ruine progressivement, puis à son jeune fils qu'il étrangle : réduit au désespoir, le brave homme renie sa foi. Le diable, tout heureux, n'a alors plus qu'à conclure son affaire : il pousse la femme qui l'a aidé à se suicider et son mari meurt peu après de chagrin. Trois filles sont encore en vie et le diable réussit à en séduire une, puis deux. Mais l'aînée lui résiste, en se conformant strictement aux préceptes d'un prêtre, un bon confesseur de la région qui a reconnu dans cette tragédie familiale soudaine et inexplicable l'œuvre du diable. Une nuit, après une violente altercation avec sa sœur, la jeune fille se couche, pleurant de rage et de chagrin, sans penser à laisser la lumière allumée et à faire le signe de croix, comme le prêtre le lui a pourtant bien conseillé...

[6] Quand le diable la vit seule, en colère et dans l'obscurité complète, il en fut ravi. Il lui remit en mémoire les souffrances de son père, de sa mère, de son frère et de ses sœurs et elle revit celle qui l'avait battue. Au souvenir de tous ces malheurs, elle se remit à pleurer, pleine d'un grand chagrin, et c'est le cœur gros de cette tristesse qu'elle s'endormit. Quand le diable vit que, dans son

affliction, elle avait complètement oublié toutes les recommandations du prêtre, il s'en réjouit beaucoup :

« La voici maintenant à point, se dit-il, et hors de la surveillance de son confesseur : ce serait le bon moment pour introduire notre homme. »

Le diable qui avait la faculté de vivre et de coucher avec une femme fut rapidement prêt à passer aux actes : il vint la trouver dans son sommeil et la féconda. Dès que ce fut fait, celle-ci se réveilla et, au même moment, elle se souvint du prêtre et fit le signe de croix :

« Sainte Marie, que m'est-il arrivé ? J'ai été souillée et ne suis plus ce que j'étais quand je me suis couchée. Belle et glorieuse mère de Dieu, reine de majesté, fille et mère de Jésus-Christ, priez pour moi votre bienheureux père et votre cher fils pour qu'ils prennent mon âme sous leur protection et me défendent de l'emprise du démon. »

Elle se leva alors et chercha l'auteur de cet acte, persuadée de le trouver. En voyant que cela ne donnait rien, elle courut à la porte mais la trouva fermée, comme elle-même l'avait fait. Voyant que la porte de sa chambre était bien close, elle fouilla minutieusement partout dans la pièce, mais sans succès. Elle comprit alors qu'elle avait été abusée par une ruse du diable et elle s'abandonna à la douleur, invoquant humblement Notre-Seigneur de ne pas la laisser déshonorer ici-bas.

La justice des hommes se saisit de l'affaire

La nuit passa, le jour se leva. [...] Elle se mit en route pour aller voir son confesseur. [7] Elle marcha si vite qu'elle fut bientôt rendue.

« Tu as des ennuis, lui dit-il en la regardant, car je te vois si effrayée !

— Je dois bien l'être, répondit-elle, car ce qui m'est arrivé n'est jamais arrivé à personne d'autre. Je viens vous trouver pour que vous me conseilliez, car vous m'avez affirmé que personne ne peut commettre de péché assez grave sans en obtenir le pardon total, s'il s'en confesse, s'en repent et suit les indications de son confesseur. Seigneur, j'ai péché et j'ai été abusée par le diable, soyez-en sûr. »

La jeune femme fait alors le récit fidèle de ce qui s'est passé : en dépit de ses réticences à croire qu'une jeune fille puisse perdre sa virginité sans savoir avec qui, le prêtre lui impose une pénitence pour ne pas avoir obéi à ses conseils, il accepte de lui pardonner au nom de Dieu et de la bénir.

[8] Elle retourna donc chez elle et mena une vie très vertueuse et très humble. Quand le diable vit qu'il l'avait perdue et qu'il ignorait tout de ses actions et de ses paroles comme si elle n'avait jamais existé, il entra dans une vive colère. Les choses en restèrent là jusqu'au moment où celle qui portait en elle la semence du diable grossit et s'arrondit ; les autres femmes le remarquèrent et vinrent la trouver :

« Mon Dieu, chère madame, lui dirent-elles, qu'est-ce ? Vous devenez bien grosse !

— Oui, c'est vrai, répondit-elle.

— Êtes-vous enceinte ?

— Oui, me semble-t-il.

— Et de qui ?

— En toute bonne foi, je l'ignore, aussi vrai que je demande à Dieu de m'accorder une heureuse délivrance.

— Y a-t-il donc tant d'hommes qui aient fait l'amour avec vous, que vous ne sachiez lequel est le père ?

— Que Dieu me refuse d'être délivrée de cet enfant, si jamais j'ai vu ou connu l'homme qui s'est conduit avec moi de façon à me rendre enceinte.

— Chère amie, c'est impossible, répliquèrent les femmes qui, à ces mots, firent le signe de la croix. Cela n'est jamais arrivé ni à vous ni à aucune femme. Mais peut-être aimez-vous plus le coupable que vous-même et c'est ce qui explique que vous ne vouliez pas l'accuser. Assurément, c'est très dommage pour vous, car dès que la justice et les juges seront au courant, il vous faudra mourir[1].

— Alors, que Dieu sauve mon âme, s'exclama la jeune femme, remplie d'épouvante par leurs paroles, car je jure que je n'ai jamais vu ni su qui est le responsable de ce qui m'arrive ! »

Son confesseur, qu'elle va consulter aussitôt, la rassure : si elle a dit la vérité, Dieu ne l'abandonnera pas. Il note par écrit la date et l'heure précises de la nuit où elle a conçu l'enfant. Peu après, les juges, ayant eu vent de cette curieuse affaire, demandent à ce prêtre son avis sur la question.

[9] « Estimez-vous possible qu'une femme puisse concevoir et mettre au monde un enfant sans l'aide d'un homme ? lui demandèrent-ils.

— Je ne vous dirai pas tout ce que je sais, mais ce que je puis vous dire, si vous voulez croire mon conseil, c'est que vous ne la jugerez pas tant qu'elle sera enceinte : ce n'est ni juste ni raisonnable, car l'enfant n'a pas mérité la mort à cause du péché de sa mère. Sinon, il vous faudrait reconnaître que vous avez tué un innocent comme s'il était coupable.

— Nous agirons selon votre conseil, déclarèrent les juges.

— Faites-la alors bien garder dans une tour, en un lieu où elle ne puisse rien faire de déraisonnable ; placez à ses côtés deux femmes pour l'aider au moment de l'accouchement, sans leur permettre de quitter l'endroit. Accordez-lui la vie sauve jusqu'à la naissance de son enfant et même, selon moi, laissez-la le nourrir jusqu'à ce qu'il soit en âge de manger tout seul et de demander ce qui lui sera nécessaire pour vivre. À présent, si vous voulez agir autrement, faites comme bon vous plaira. Mais vous pouvez aussi faire tout ce que je viens de vous dire en ce qui

---

1. La mère célibataire encourt la peine de mort dans la justice médiévale.

la concerne. Si vous avez foi en mon conseil, suivez-le ; si vous voulez agir autrement, je n'y peux rien.

— Vos propos nous semblent tout à fait judicieux », répondirent les juges.

Ils firent ce que le prêtre leur avait expliqué. Ils enfermèrent la jeune femme dans une haute tour dont ils firent murer toutes les portes du bas et placèrent avec elle les deux femmes les plus compétentes qu'ils purent trouver pour cette tâche[1]. Ils laissèrent en haut une fenêtre ouverte par laquelle elles tiraient au bout d'une corde ce dont elles avaient besoin. Quand ce fut fait, le prêtre dit à la jeune femme qui se tenait à la fenêtre :

« Quand tu auras eu ton enfant, fais-le baptiser le plus tôt possible et envoie-moi chercher quand on t'aura fait sortir de là et qu'on voudra te juger. »

La naissance de Merlin : le rachat de Dieu

[10] La jeune femme resta ainsi longtemps dans la tour. Les juges avaient bien pourvu à tout le nécessaire. Elle resta là jusqu'à la naissance de son enfant selon la volonté de Dieu.

En venant au monde, cet enfant eut, comme il le devait, les pouvoirs et la ruse du diable qui l'avait engendré. Mais celui-ci l'avait fait en pure perte : il savait pertinemment que Notre-Seigneur avait racheté par sa mort les pécheurs qui se repentent sincèrement et qu'il avait abusé de la jeune femme pendant son sommeil, par la ruse et la tromperie. Or, dès que celle-ci s'était aperçue qu'on l'avait possédée, elle avait pris conscience de ses fautes et avait imploré la grâce de qui il fallait ; dès lors, elle s'était placée sous la protection et les ordres de Dieu et de la

---

1. La grossesse et l'accouchement sont affaire de femmes et, jusqu'à la fin du Moyen Âge, ce ne sont pas les médecins qui interviennent, mais des femmes compétentes en la matière, ce qui se dit en ancien français *sages*. Les « sages-femmes » d'aujourd'hui, où l'adjectif « sage » n'est plus guère compris, sont leurs héritières.

Sainte Église et leur avait obéi en tout. Malgré tout, Dieu ne voulut pas que le diable perde une créature qui devait lui échoir et il accepta au contraire qu'il obtienne avec cet homme ce qu'il désirait et ce pour quoi il l'avait créé. C'est pour que cette créature possède leur science de connaître ce qui s'était fait, dit et produit que le diable l'avait faite : elle sut tout cela. Mais Notre-Seigneur, qui est omniscient, ne voulut pas que le péché de sa mère puisse lui nuire, parce que celle-ci s'était sincèrement repentie, avait pris conscience de sa faute, s'était purifiée par sa confession, ne s'était pas prêtée de son plein gré à ce qui lui était arrivé et avait aussi bénéficié de la force du baptême qui l'avait lavée de son péché sur les fonts baptismaux ; aussi donna-t-il à l'enfant le pouvoir et l'intelligence de connaître l'avenir.

De la sorte, par le diable, l'enfant eut connaissance de tout le passé et, en contrepoids à cette science diabolique, Notre-Seigneur voulut qu'il connaisse de surcroît l'avenir : il en ferait l'usage qu'il voudrait, ayant le pouvoir, à son gré, de soutenir aussi bien le droit des diables que celui de Notre-Seigneur. Le diable en effet s'était borné à former son corps ; c'est Notre-Seigneur qui introduit son esprit dans chaque corps, pour lui permettre de voir, d'entendre, de comprendre, conformément aux facultés intellectuelles qu'il leur a données. Il doua cet enfant plus qu'un autre, parce que celui-ci en avait un plus grand besoin : il saurait bien, prochainement, quel camp l'emporterait.

L'enfant était donc né. Juste après l'avoir fait venir au monde, les deux femmes furent très effrayées en le voyant plus poilu, plus velu que tout autre enfant qu'elles avaient vu jusqu'alors. Elles le montrèrent à sa mère qui, à sa vue, fit le signe de la croix.

« Cet enfant me fait peur, dit-elle.

— À nous aussi, répliquèrent les femmes, et c'est à peine si nous pouvons le tenir dans nos bras.

— Descendez-le au bas de la tour et demandez qu'il soit baptisé.

— Quel nom voulez-vous lui donner ? lui demandèrent-elles.

— Le nom que portait mon père », répondit-elle.

Elles le mirent alors dans un panier, le firent descendre au moyen de la corde, demandèrent qu'il soit baptisé et qu'il porte le nom de son grand-père, Merlin[1]. Ainsi fut fait, puis on le confia de nouveau à sa mère pour qu'elle l'allaite, car aucune autre femme n'aurait osé l'allaiter ni s'occuper de lui. Sa mère le fit jusqu'à ce qu'il ait l'âge de neuf mois et les femmes qui lui tenaient compagnie dirent à plusieurs reprises que cet enfant les stupéfiait, ainsi velu et faisant plus vieux que son âge, si bien qu'à neuf mois il paraissait avoir au moins deux ans.

Premiers rires de Merlin : le fils
sans père réconforte sa mère

Un beau jour, l'enfant atteignant l'âge de dix-huit mois, les femmes qui sont enfermées dans la tour disent à la mère de Merlin qu'elles souhaitent partir.

[11] En larmes, elle les supplia, pour l'amour de Dieu, de patienter encore un peu. Mais celles-ci se dirigèrent vers la fenêtre, tandis que la mère, son enfant dans les bras, se mettait à pleurer à chaudes larmes :

« Cher fils, dit-elle, je vais mourir à cause de vous et pourtant je ne l'ai pas mérité ; je vais mourir parce que personne, sauf moi, ne connaît la vérité et que je ne réussis pas à me faire croire. Il me faudra donc mourir. »

Comme elle se lamentait ainsi en s'adressant à son fils, lui disant que, pour son malheur à elle, Dieu avait permis qu'il naisse et soit formé dans ses entrailles, la vouant au supplice et à la mort, comme elle confiait à Notre-Seigneur ses souffrances, l'enfant la regarda et se mit à rire :

« Chère mère, n'ayez pas peur, car vous ne mourrez pas à cause d'un péché que je vous aurais fait commettre. »

En l'entendant, elle se sentit mal : elle eut peur, des-

---

1. Cet usage de donner au nouveau-né le nom de son grand-père est très fréquent au Moyen Âge.

serra son étreinte, l'enfant tomba à terre et se blessa. Les femmes qui étaient à la fenêtre sursautèrent et se précipitèrent vers elle, croyant qu'elle voulait le tuer :

« Pourquoi votre enfant est-il tombé de vos bras ? lui demandèrent-elles. Voulez-vous le tuer ?

— Je n'en avais pas la moindre intention, répondit-elle tout éberluée. Je l'ai laissé tomber à cause d'une parole stupéfiante qu'il m'a dite, qui m'a coupé le souffle et les bras.

— Que vous a-t-il donc raconté qui ait pu vous effrayer de la sorte ?

— Il m'a dit que je ne mourrai pas à cause de lui.

— Va-t-il dire encore autre chose ? »

Elles le prirent alors et commencèrent à l'asticoter pour voir s'il parlerait, mais il n'en manifesta pas la moindre intention et ne leur dit rien. Au bout d'un long moment, la mère reprit :

« Menacez-moi et dites que je vais être brûlée vive à cause de mon fils. Je le tiendrai dans mes bras et vous verrez bien s'il veut parler.

— Quel dommage qu'une belle personne comme vous soit brûlée vive à cause de cette créature ! lui dirent-elles après s'être rapprochées.

— Vous mentez, leur répondit l'enfant, et c'est ma mère qui vous a soufflé vos paroles. »

Les femmes furent complètement abasourdies et très effrayées de ces propos ; entre elles, elles se dirent que ce n'était pas là un enfant, mais le diable pour savoir ce qu'elles avaient dit. Elles lui parlèrent à nouveau, lui posèrent de nombreuses questions, mais il se contenta de leur répondre :

« Laissez-moi tranquille, car vous êtes plus insensées et plus coupables que ma mère !

— Ce prodige ne peut rester caché, s'écrièrent-elles, stupéfaites de ces propos, nous allons le révéler à la population qui se trouve en bas. »

Ayant appris la nouvelle, les juges décident qu'il est temps de faire justice et ils fixent le jour du jugement, que la jeune femme communique aussitôt à son confesseur.

[12] Il ne restait plus qu'une semaine avant le jour fixé pour qu'elle monte sur le bûcher. En pensant à ce jour, la mère était terrifiée. En voyant sa mère pleurer, l'enfant, qui marchait dans la tour, éclata de rire et il se mit à manifester une grande joie.

« Vous pensez bien peu en ce moment, lui reprochèrent les femmes, à ce qui préoccupe votre mère, alors qu'elle sera brûlée vive dans une semaine à cause de vous. Maudite soit l'heure de votre naissance car, à moins que Dieu ne lui montre son amour, elle souffrira le supplice à cause de vous !

— Elles mentent, chère mère. Tant que je vivrai, jamais personne, sauf Dieu, n'osera vous condamner à mort et vous brûler vive. »

Les femmes et la mère se réjouirent de ces paroles : « Cet enfant, capable de parler ainsi, dirent-elles, sera plein de sagesse. »

Merlin, avocat de sa mère

Le jour du jugement, la jeune femme est condamnée au supplice, puisque les juges sont persuadés qu'elle ment en disant ne pas connaître le père de son enfant. Mais le saint homme qui l'a confessée reste confiant, fort des paroles de Merlin, et s'attend à un miracle.

[13] L'un des juges prit la parole, le plus influent, celui que tous les autres suivaient dans ses avis :

« J'ai entendu dire que cet enfant parle et qu'il a prétendu que sa mère ne serait pas mise à mort à cause de lui ; s'il doit la secourir, je ne sais ce qu'il attend pour se manifester. »

En l'entendant, l'enfant se tortilla dans les bras de sa mère, qui le posa à terre. Aussitôt, celui-ci se dirigea tout droit aux pieds des juges :

« Je vous prie de m'expliquer, si vous le savez, dit-il, pourquoi vous voulez brûler vive ma mère.

— Je le sais parfaitement, répondit celui qui venait de

s'exprimer, et je vais te le dire : c'est parce qu'elle t'as eu suite à des rapports coupables, hors du mariage, et qu'elle refuse d'accuser celui qui t'a engendré. Or, nous suivons encore l'ancienne loi selon laquelle l'on doit condamner une telle femme ; c'est pourquoi nous voulons la condamner.

— Si aucune autre femme n'avait fait pis qu'elle, il serait juste de lui imposer un jugement plus implacable qu'à toute autre. Mais il y en a qui ont fait pis. Certes, même si ma mère avait mal agi en toute conscience, ce ne serait pas juste qu'elle soit acquittée, sous prétexte que d'autres auraient fait pis. Mais ma mère n'est pas coupable en ce qui me concerne et, si elle l'était, ce saint homme que voici a pris sur lui sa culpabilité. Vous pouvez le lui demander si vous ne me croyez pas. »

Le juge fit alors comparaître le prêtre ; il lui répéta mot pour mot ce que l'enfant venait de lui dire et lui demanda si cela était vrai.

« Seigneur, répondit ce saint homme, tout ce qu'il vous a dit au sujet de la culpabilité de sa mère est exact. Si du moins ce qu'elle m'a dit sur la manière dont cette histoire lui est arrivée est vrai, elle ne doit craindre ni Dieu ni le monde d'ici-bas, car son bon droit sera reconnu. Elle-même vous a raconté comment elle a été abusée, car c'est pendant son sommeil, sans autre jouissance, que cette grossesse inexplicable lui est arrivée et elle ignore qui a engendré l'enfant. Elle s'en est confessée et repentie. Pourtant, l'affaire était tellement incroyable que j'ai refusé de la croire ; mais mon attitude d'alors ne peut ni ne doit en rien lui nuire, dès lors que sa conscience a dit la vérité.

— Vous avez noté par écrit, lui dit alors l'enfant, la nuit et l'heure où j'ai été conçu et vous pouvez facilement savoir ma date et mon heure de naissance : ainsi, vous pouvez en grande partie confirmer les dires de ma mère.

— Tu as raison, répondit le prêtre, je ne sais d'où vient que tu es plus avisé que nous tous. »

On fit alors comparaître les deux femmes qui avaient tenu compagnie à la mère de Merlin. Elles calculèrent devant les juges la durée de la grossesse, la date de la conception et de la naissance à partir du témoignage écrit par le prêtre : elles trouvèrent exactement ce que la mère avait affirmé au sujet de la conception.

« Elle n'en sera pas quitte pour autant, dit alors le juge ; il faut encore qu'elle révèle le nom du père, à moins que l'enfant ne le fasse, et d'une manière crédible.

— Je sais mieux qui est mon père, s'écria l'enfant en colère, que vous ne savez qui est le vôtre, et votre mère sait mieux qui vous a engendré que la mienne ne le sait pour moi.

— Si tu as quelque chose à dire sur ma mère, répliqua le juge énervé, je le prendrai en considération.

— J'en aurais tellement à dire à son sujet qu'elle mériterait mieux la mort que ma mère, si tu jugeais équitablement. Si je t'en donne connaissance, alors laisse ma mère tranquille, car elle n'est en rien coupable de ce dont tu l'accuses et tout ce qu'elle affirme concernant ma conception est exact. »

Plaçant Merlin et sa mère sous bonne garde, le juge envoie chercher sa propre mère. Merlin lui conseille avec sagesse de siéger à huis clos. Il lui propose ensuite d'acquitter sa mère sans aller plus loin, sans s'obstiner à enquêter sur la sienne propre.

[14] « Vous avez arrêté ma mère et vous voulez la brûler parce qu'elle m'a donné naissance sans savoir qui m'a engendré en elle. Et moi, je vous affirme qu'elle ne l'a pas su, qu'il lui est impossible de le savoir et de le dire. En revanche, si je le voulais, je saurais mieux dire que vous qui vous a engendré et votre mère serait capable de dire mieux que la mienne de qui vous êtes le fils.

— Chère mère, répondit le juge, ne suis-je pas le fils de votre époux légitime ?

— Mon Dieu, cher fils, de qui seriez-vous donc le fils si ce n'était de feu mon cher mari ?

— Madame, madame, déclare l'enfant, il vous faut dire la vérité, si votre fils ne nous acquitte pas, ma mère et moi ; s'il le faisait, je m'en contenterais volontiers.

59

— Moi, je ne m'en contenterai pas, tranche le juge.

— Vous en retirerez au moins le bénéfice de trouver votre père parfaitement en vie grâce au témoignage de votre mère », poursuivit l'enfant. À ces mots, ceux qui assistaient à cette réunion firent le signe de croix, n'en croyant pas leurs oreilles. « Il faut que vous disiez, déclara l'enfant à la dame, de qui est votre fils.

— Démon, Satan, ne l'ai-je donc pas dit ? s'écria la femme en se signant.

— Vous savez pertinemment qu'il n'est pas le fils de qui il croit l'être.

— De qui donc alors ? lui demanda cette femme terrifiée.

— Vous savez bien qu'il est le fils de votre prêtre[1] : preuve en est que la première fois que vous avez couché avec celui-ci, vous lui avez avoué que vous aviez peur de tomber enceinte. Mais il vous a répliqué que cela n'arriverait jamais avec lui et que lui-même noterait par écrit toutes les fois qu'il coucherait avec vous, parce qu'il craignait que vous couchiez avec un autre homme. À cette époque, votre époux s'était brouillé avec vous. Une fois votre fils engendré, vous n'avez pas tardé à dire à ce prêtre que vous jouiez de malchance, car vous étiez enceinte de lui. Est-ce que je ne dis pas la vérité ? Si vous ne voulez pas l'avouer, je vais continuer mes révélations.

— Dit-il la vérité ? demanda le juge furieux à sa mère.

— Cher fils, as-tu confiance en ce démon ? lui répondit sa mère épouvantée.

— Si vous ne reconnaissez pas la vérité, reprit l'enfant, je vais faire une nouvelle révélation dont nous savons, vous et moi, qu'elle est vraie. Je sais tout ce qui a été fait et dit, poursuivit l'enfant, comme cette femme se taisait. Dès que vous avez constaté que vous étiez enceinte, vous avez demandé au prêtre de vous réconcilier avec votre mari pour dissimuler votre grossesse et il a mis tous ses efforts à le faire, si bien que vous avez couché avec votre mari. Vous avez ainsi laissé entendre

---

1. Le motif de l'homme de religion paillard est traditionnel dans toute la littérature du Moyen Âge.

à votre époux que l'enfant était de lui, et c'est ce que croient beaucoup d'autres gens. Et votre fils lui-même, ici présent, était vraiment persuadé de le savoir. Et depuis ce temps-là vous avez mené et vous menez encore cette vie d'adultère. La nuit qui a précédé votre venue ici, il a couché avec vous et vous a accompagnée une bonne partie du chemin. Et en vous quittant, il vous a dit tout bas en riant : " Pensez à faire et à dire tout ce que mon fils voudra", car il savait bien, d'après ses notes écrites, que cet homme est son fils. »

La mère s'effondre et avoue que tout ce que vient de dire l'enfant est vrai. Pour clore l'affaire, le juge demande à Merlin de lui révéler l'identité de son père, ce que Merlin fait. Le juge acquitte publiquement la mère de Merlin et fait l'éloge devant tous de la sagesse exceptionnelle de cet enfant. Tout se passe selon la prédiction de Merlin et le prêtre, père du juge, se suicide : Merlin demande que le confesseur de sa mère, Blaise, en soit informé. Sous la dictée de Merlin, Blaise commence à écrire un livre qui raconte les enseignements de la foi en Dieu ainsi que l'histoire du Graal[1] et de ses possesseurs.

L'avenir : le livre de Blaise

[23] « Je vois bien que tu veux me quitter, dit Blaise à Merlin. Dis-moi à présent ce que tu veux que je fasse de l'ouvrage que tu m'as fait entreprendre.

---

1. À partir du *Joseph* de Robert de Boron, le Graal est le récipient censé avoir servi à la Table de la Cène et avoir recueilli le sang du Christ en croix ; il est doté de vertus extraordinaires. C'est Chrétien de Troyes qui, le premier, a fait du *graal* — nom commun désignant un plat précieux de grande taille — un objet sacré, mythique, héritant à la fois des cornes et des chaudrons d'abondance celtes et des ciboires ou calices chrétiens, objet si mystérieux que le jeune héros qui a assisté à son exhibition lors d'une scène étrange aurait dû poser des questions à son sujet et notamment sur sa destination, ce qu'il n'a pas fait.

— Je vais te répondre sincèrement et t'expliquer ce que j'attends. [...] Dieu m'a choisi pour être à son service et exécuter ce que moi seul pourrai faire, car personne n'a le savoir que j'ai. Je sais qu'il me faut aller dans le pays d'où ces hommes[1] sont venus me chercher. Là-bas, j'agirai et je parlerai de telle sorte que je serai l'homme en qui l'on aura le plus confiance au monde, Dieu excepté. Tu y viendras toi aussi pour accomplir l'œuvre que tu as commencée, mais sans m'accompagner : tu iras de ton côté et demanderas où se trouve la région qui s'appelle le Northumberland[2] ; c'est une région couverte de très grandes forêts, très mal connue des gens du pays eux-mêmes et de nombreux endroits en sont encore inexplorés. C'est là que tu vivras ; j'irai te trouver et te raconterai ce qui est nécessaire à la rédaction de ton livre.

« Donne-toi du mal, car tu en recevras une belle récompense. Sais-tu laquelle ? Je vais te le révéler : durant ta vie, l'accomplissement de tes désirs et, après ta mort, la joie éternelle. Tant que le monde durera, on ne cessera de lire et d'écouter avec plaisir ton œuvre. Et sais-tu d'où te viendra cette faveur ? De la grâce que Notre-Seigneur accorda à Joseph, ce Joseph à qui fut donné son corps crucifié[3]. Puis, quand tu auras longtemps œuvré pour lui, ses ancêtres et ses descendants issus de sa lignée, quand tu auras fait assez de bonnes œuvres pour être à leurs côtés, en leur compagnie, je t'apprendrai où ils sont ; alors tu verras le beau et glorieux salaire que Joseph a reçu pour le corps de Jésus-Christ qui lui fut donné en récompense de ses services[4].

« Je veux encore que tu saches, pour augmenter tes certitudes, que Dieu m'a donné les facultés d'intelligence et de mémoire pour faire œuvrer, dans le royaume où je me rends, tous les hommes et les femmes de bien à

---

1. Il s'agit des messagers de Vertigier envoyés à la recherche d'un enfant sans père.   2. Région située en Angleterre, au nord de l'estuaire de l'Humber.   3. Il s'agit de Joseph d'Arimathie : les Évangiles l'évoquent comme un disciple de Jésus, notable et homme juste, qui obtient de Pilate de pouvoir disposer du corps du Christ et qui l'ensevelit dans un tombeau.   4. Il s'agit du Graal.

l'avènement de celui qui doit naître de ce lignage tant aimé de Dieu[1]. Apprends cependant qu'ils ne contribueront pas à cet ambitieux projet avant le quatrième roi à venir, roi qui s'appellera Arthur et dont l'époque sera marquée par cette difficile entreprise. [...] Je te ferai écrire quelques chapitres de la vie de tous les hommes ou les femmes remarquables vivant dans le pays où je vais. Sache aussi que jamais l'histoire d'une vie ne sera plus volontiers écoutée de tous, les fous comme les sages, que ne le sera celle de ce roi Arthur et des autres rois de son époque. Quand tu auras mené à bien tout cela et raconté leur vie, tu auras mérité la grâce que connaissent ceux qui sont en compagnie de ce vase qu'on appelle le Graal. Alors ton livre [...] s'appellera désormais et pour les siècles des siècles le *Livre du Graal* [...]. »

Ainsi parla Merlin à son maître — il lui donnait ce nom parce que celui-ci avait été le directeur de conscience de sa mère — et il lui apprit ce qu'il devait faire. [...]

Merlin et les fils de Constant : métamorphoses et conseils

Le temps passe. À la mort de Vertigier, Pendragon monte sur le trône. Très rapidement, le nouveau souverain doit lutter contre les Saxons. Parce qu'il n'arrive pas à venir à bout du siège qu'il a fait mettre devant le château appartenant à l'un des plus influents d'entre eux, Engis, conseil lui est donné d'avoir recours à Merlin. Des messagers sont envoyés à sa recherche dans tout le royaume.

[32] Merlin savait que le roi le faisait rechercher le plus rapidement possible. Dès qu'il eut parlé à Blaise,

---

1. Ce bienheureux qui doit accéder aux mystères du Graal est, selon les textes, ou Perceval (dans le *Didot-Perceval*, par exemple, voir *infra*) ou Galaad, le fils de Lancelot du Lac (dans le *Lancelot-Graal*).

il se rendit donc dans une ville où se trouvaient, à sa connaissance, les messagers à sa recherche. Il y fit son entrée sous l'aspect d'un bûcheron, une grande cognée sur la nuque, chaussé de bottes, vêtu d'une courte tunique en loques, avec de très longs cheveux en bataille et une grande barbe : il ressemblait en tout point à un homme sauvage. Il vint donc sous cette apparence dans la maison où étaient les messagers. En le voyant, ils l'examinèrent avec étonnement.

« Voilà un individu qui semble peu recommandable, se dirent-ils entre eux.

— Vous ne faites pas bien la tâche que vous a confiée votre maître, leur dit-il en s'approchant d'eux, car il vous a ordonné de chercher le devin appelé Merlin !

— Qui diable a pu dire cela à ce rustre, se dirent-ils entre eux en entendant ces paroles, et de quoi se mêle-t-il ?

— Si j'avais été chargé de sa recherche à votre place, je l'aurais trouvé plus vite que vous. »

Ils l'entourèrent tous alors et lui demandèrent s'il savait où le trouver et s'il l'avait déjà vu.

« Je l'ai vu et je connais bien son gîte ; il est au courant que vous le cherchez, mais vous ne le trouverez pas s'il n'y consent. Il m'a cependant demandé de vous dire que vous vous donnez du mal pour rien à le chercher, car si vous le trouviez, il ne s'en irait pas avec vous. Faites savoir à ceux qui ont dit à votre maître que le bon devin était dans ce pays qu'ils ne se sont pas trompés. Quand vous serez de retour, dites à votre maître qu'il ne prendra pas, avant la mort d'Engis, ce château dont il fait le siège. Sachez enfin qu'ils n'étaient que cinq dans l'armée à vous ordonner de chercher Merlin : vous n'en trouverez plus que trois. Dites à ces derniers et à votre maître que, s'ils venaient dans cette ville et exploraient ces forêts, ils trouveraient Merlin. Mais s'ils n'y viennent pas eux-mêmes, jamais ils ne trouveront personne pour le ramener de là. »

Les messagers comprirent parfaitement ce que le bûcheron venait de leur dire. Celui-ci s'en retourna alors et, au même instant, les autres le perdirent de vue.

« Nous avons parlé à un diable, dirent-ils en se signant. »

Les conseillers engagent leur roi à suivre les recommandations de cet individu en qui ils ont reconnu Merlin. Pendragon décide donc de se rendre en Northumberland après avoir confié la poursuite du siège à son frère.

[33] Le roi parcourut alors les forêts à cheval pour chercher Merlin. Or, l'un de ses compagnons trouva un grand troupeau de bêtes gardées par un homme particulièrement hideux. Il lui demanda d'où il était et l'autre répondit qu'il était du Northumberland, au service d'un seigneur.

« As-tu des nouvelles de Merlin ? lui demanda-t-il.

— Moi non, répondit l'autre, mais j'ai vu hier quelqu'un affirmer que le roi viendrait aujourd'hui le chercher dans ce bois. Est-il venu ? Savez-vous quelque chose à ce sujet ?

— Il est exact que le roi le cherche. Saurais-tu me donner des renseignements ?

— J'ai des choses à dire au roi, pas à vous.

— Alors, je te conduirai auprès du roi.

— Je garderais donc bien mal mes bêtes ! D'ailleurs, je n'ai pas besoin de lui. Mais s'il venait à moi, je lui parlerais volontiers de celui qu'il est en train de chercher.

— Je vais te l'amener », conclut le compagnon du roi.

Sur ces mots, il le quitta et finit par trouver le roi : il lui raconta sa rencontre et son entrevue. Le roi lui demanda de le conduire jusqu'à cet individu, ce qu'il fit.

« Voici le roi que je t'amène, dit-il au gardien du troupeau quand il fut sur les lieux. Dis-lui à présent ce que tu m'as affirmé lui révéler.

— Sire, répondit celui-ci, je sais bien que vous cherchez Merlin, mais vous ne réussirez pas à le trouver ainsi avant que lui-même ne le permette. Allez-vous-en dans une de vos bonnes villes qui soit située près d'ici, et il viendra à vous, quand il saura que vous l'attendez.

— Comment savoir, repartit alors le roi, si tu me dis la vérité ?

— Si vous ne me croyez pas, ne faites pas ce que je vous dis, car c'est folie que de se fier à un mauvais conseil.

— Tu sous-entends, demanda le roi à ces mots, que ton conseil est mauvais ?

— Non, mais c'est vous qui le dites. Sachez cependant que mon conseil sur cette affaire est meilleur que celui que vous-même ne sauriez vous donner.

— Je vais te faire confiance », dit le roi.

Le roi se rendit ainsi dans l'une de ses villes, la plus proche de la forêt possible. Tandis qu'il y séjournait, un seigneur vint le trouver dans sa demeure, fort bien équipé, bien vêtu et bien chaussé qui demanda à être mené devant le roi. On l'y conduisit.

« Sire, dit-il au roi dès qu'il fut devant lui, Merlin m'envoie à vous pour vous faire savoir que c'était lui que vous avez rencontré en train de garder les bêtes. Preuve en est qu'il vous a dit qu'il viendrait vous trouver quand il le voudrait. Il vous a dit la vérité. Mais vous n'avez pas encore besoin de lui ; le jour où cela se produira, il viendra très volontiers vous rejoindre.

— Mais je ne cesse d'avoir besoin de lui, s'exclama le roi, et je n'ai jamais eu une si grande envie de voir quelqu'un comme j'ai envie de le voir, lui !

— Puisqu'il en est ainsi, il vous fait transmettre par moi une bonne nouvelle : Engis est mort et c'est Uter, votre frère, qui l'a tué. »

Vérification faite, la nouvelle est vraie.

[34] Le roi attendit en ville de voir si Merlin viendrait ; il songea qu'il lui demanderait comment Engis avait été tué, car peu de gens étaient au courant de cette mort. Il attendit jusqu'au jour où, revenant de l'église, il fut abordé par un très bel homme, bien habillé, bien équipé, qui avait l'air d'un seigneur. Celui-ci le salua.

« Sire, lui dit-il, qu'attendez-vous en cette ville ?

— J'attendais que Merlin vienne me parler, répondit le roi.

— Sire, vous n'êtes pas assez malin pour le reconnaître, alors qu'il vient de vous parler ! Appelez donc ceux que vous avez amenés, censés connaître Merlin, et demandez-leur si je pourrais être ce Merlin. »

Les conseillers ne reconnaissent pas Merlin sous cette apparence, mais Merlin reprend la physionomie qu'ils ont déjà vue et ils n'ont plus de doute sur son identité. Merlin demande au roi ce qu'il veut.

« J'aimerais vous demander votre affection, si cela était possible, et entre nous une grande amitié, car ces nobles compagnons m'ont assuré que vous étiez plein de sagesse et de très bon conseil.

— Sire, dans la limite de mes compétences, je vous donnerai toujours le conseil que vous me demanderez sur quoi que ce soit.

— J'aimerais également vous demander, s'il vous plaît, de me dire si je vous ai parlé depuis que je suis venu dans cette région pour vous chercher.

— Sire, je suis celui que vous avez trouvé en train de garder les bêtes. »

Le roi et ses compagnons furent stupéfaits de cette révélation.

« Vous connaissez mal cet homme, dit alors le roi à ses conseillers, puisque vous n'êtes pas capables de le reconnaître quand il se présente ainsi à vous.

— Sire, reprirent ceux-ci, jamais nous ne l'avons vu se comporter ainsi, mais nous sommes persuadés qu'il peut faire et dire ce qu'aucun autre être vivant ne peut faire et dire. »

L'établissement de la Table ronde

À la mort de son frère dans la bataille de Salisbury, Uter lui succède et se fait appeler dorénavant Uterpendragon, en souvenir du dragon rouge apparu dans le ciel juste avant l'assaut final et qui signifiait le nom du roi[1]. Un jour, Merlin s'ouvre à Uter d'un projet essentiel qui lui tient à cœur depuis de nombreuses années, qui a guidé son comportement amical et dont l'éclat ne pourra que rejaillir sur le roi. Il commence par lui rappeler la Cène, repas du jeudi saint que Jésus-Christ partagea avec ses apôtres avant d'être crucifié le lendemain. Puis il évoque Joseph d'Arimathie, présenté comme un soldat, qui détacha de la croix le corps du Christ pour lui donner une sépulture.

[48] « Un jour que ce soldat était dans un lieu stérile et désertique avec une grande partie de sa famille, survint une grande famine. Les gens se plaignirent à ce chevalier qui était leur chef. Celui-ci pria Notre-Seigneur de leur manifester un signe pour leur expliquer pourquoi il voulait leur imposer une pareille souffrance. Notre-Seigneur lui ordonna de construire une table à l'image de celle de la Cène et, après l'avoir recouverte d'une nappe blanche, d'y placer un vase qu'il possédait, entièrement dissimulé, sauf de son côté. C'est Jésus-Christ qui lui avait donné ce vase. Grâce à celui-ci, Joseph put séparer les bons et les méchants parmi ses compagnons. Celui qui, par ses vertus, peut s'asseoir à cette table obtient immanquablement la satisfaction de ses désirs. Il y a toujours une place vide à cette table qui rappelle la place à laquelle Judas était assis à la Cène [...]. Voilà comment, sire, ces deux tables furent établies et comment Notre-Seigneur emplit de béatitude le cœur de celui qui s'assied à cette seconde table. Les gens appelèrent *graal* ce vase qui était devant eux et qui leur dispensait sa grâce.

« Si vous voulez me faire confiance, nous établirons la

---

1. *Pendragon* signifie effectivement en breton « tête de dragon ».

troisième table en l'honneur de la Trinité, car la Trinité signifie toujours "ce qui va par trois". Et je vous promets que, si vous faites ce que je vous dis, votre âme et votre corps en recevront de grands biens et de grands honneurs ; de votre vivant, elle sera la cause de phénomènes qui vous rempliront de stupeur. Si vous voulez faire cette table, je vous y aiderai et je vous donne ma parole que sa réalisation fera beaucoup parler d'elle [1] [...]. »

Enchanté par ce projet, le roi s'en remet à Merlin pour l'établir, à Carduel [2], au pays de Galles, selon le choix du devin. À cette occasion, le jour de la Pentecôte [3], est organisée une grande fête à laquelle tout le pays est convié.

[49] « Qui vas-tu choisir pour s'asseoir à cette table ? demanda le roi à Merlin.

— Demain, vous allez voir ce que vous n'avez jamais pu imaginer, répondit-il. Je ferai asseoir à cette table cinquante des plus vaillants chevaliers du royaume et, une fois qu'ils y auront pris place, jamais plus ils n'auront envie de repartir dans leur contrée, dans leur domaine, et de quitter cet endroit. Vous pourrez donc voir et connaître vos plus vaillants hommes.

— Avec grand plaisir », dit-il.

Merlin fit exactement ce qu'il avait prévu. Le jour de la Pentecôte, il choisit les cinquante chevaliers, les pria, ainsi que le roi, de s'asseoir à cette table et d'y prendre leur repas, ce qu'ils acceptèrent de faire très volontiers.

---

1. L'invention de la Table ronde apparaît pour la première fois dans le *Roman de Brut* de Wace : elle y est due à Arthur qui souhaite éviter des conflits de préséance entre ses grands vassaux. Dans d'autres textes, comme *La Quête du Saint Graal*, sa rotondité sera rapprochée de celle du monde terrestre entouré du firmament. **2.** C'est-à-dire Carlisle, ville d'Angleterre, située non loin du mur d'Hadrien.   **3.** Les rois, aux XIIe et XIIIe siècles, tiennent leurs cours plénières en particulier à la belle saison, lors des fêtes de Pâques, de l'Ascension ou de la Pentecôte, plus rarement à Noël et à la Toussaint.

Merlin fit alors le tour des convives assis et, parce qu'il avait vraiment pensé à tout dans sa réalisation, il interpella le roi pour lui montrer la place vide, que beaucoup remarquèrent également. Mais personne ne savait ce que cette place vide signifiait ni quelle en était la raison.

Huit jours durant, les festivités se poursuivent et, comme prévu, les chevaliers conviés à la fameuse table ne souhaitent pas partir de la cour le moment venu. Tous soudés par une profonde et inexplicable amitié, ils décident de ne jamais plus se quitter et de s'installer sans tarder avec leur famille en ville.

« Tu avais parfaitement raison, dit Uterpendragon à Merlin, une fois que les gens se furent dispersés. Je crois maintenant que Notre-Seigneur voulait que cette table soit établie, mais je suis très surpris par la place vide et je voudrais te demander, si tu le sais, de me révéler qui l'occupera.

— Je puis seulement te dire, répondit Merlin, que cette place ne sera jamais occupée de ton vivant et que celui qui engendrera ce futur occupant n'a pas encore pris de femme ; il ignore même qu'il doit l'engendrer. En outre, celui qui occupera cette place vide devra auparavant occuper la place vide à la table du Graal, que jamais les gardiens de ce vase n'ont vue occupée. Cela ne se produira pas de ton vivant, mais sous le règne du roi qui te succédera. Je te prie cependant de toujours réunir tes assemblées et tes cours plénières dans cette ville, d'y résider souvent et d'y tenir ta cour trois fois par an aux grandes fêtes de l'année.

— Très volontiers, répondit le roi.

— Je m'en irai et tu ne me verras pas avant longtemps, dit Merlin.

— Où iras-tu donc ? Est-ce que tu n'assisteras pas à toutes les fêtes que je donnerai dans cette ville ?

— Non, je ne le souhaite pas, car je veux que les gens croient aux événements qu'ils verront et qu'ils ne disent pas que j'en suis le responsable. »

Uterpendragon et Ygerne :
la conception d'Arthur

Merlin retourne donc dans la forêt du Northumberland pour raconter à Blaise ce qui s'est passé. Lors d'une cour plénière, Uterpendragon tombe éperdument amoureux d'Ygerne, l'épouse de l'un de ses vassaux, le duc de Tintagel. Celle-ci, en refusant de céder aux avances de son souverain, ne fait qu'attiser sa passion. Une guerre éclate entre le duc, mis au courant par sa femme de la situation, et le roi : le duc se réfugie dans l'un de ses châteaux tandis que son épouse demeure à l'abri dans leur forteresse de Tintagel. Merlin propose d'aider le roi à condition que celui-ci exauce le souhait qu'il lui adressera, le lendemain du jour où il lui aura fait obtenir les faveurs de la duchesse. Uter accepte avec joie, sans savoir ce qu'il a accordé au devin. Merlin lui annonce que, grâce à de nouvelles apparences, tous deux ainsi qu'Ulfin[1] se feront passer pour le duc et deux de ses intimes.

[65] Le soir tombé, ils prirent la route et chevauchèrent jusqu'à Tintagel.

« Restez ici, dit alors Merlin, Ulfin et moi, nous irons là-bas. »

Après les avoir séparés, Merlin revint auprès du roi en lui apportant une plante.

« Frottez votre visage et vos mains avec cette plante », lui dit-il.

Le roi la prit et s'en frotta : quand ce fut fait, il ressemblait exactement au duc. Merlin lui demanda s'il se souvenait avoir jamais vu Jourdain[2], à quoi le roi lui répondit qu'il le connaissait très bien. Merlin retourna donc vers Ulfin et le métamorphosa en lui donnant l'allure de Jourdain, puis il l'amena, tenant son cheval par la bride, devant le roi. Quand Ulfin vit son souverain, il se signa :

« Seigneur Dieu, comment la ressemblance entre deux hommes peut-elle être si parfaite ! s'exclama-t-il.

---

1. Conseiller du roi Uter.   2. Chevalier du duc de Tintagel.

71

— Que penses-tu de moi ? lui demande le roi.

— À ma connaissance, vous ne pouvez être que le duc ! »

Le roi lui répliqua qu'il lui semblait de même voir Jourdain. Au bout d'un moment, ils examinèrent Merlin et ils eurent vraiment l'impression qu'il s'agissait de Bretel, en chair et en os. Ils devisèrent ensemble en attendant la nuit et, quand il fit nuit noire, ils arrivèrent aux portes de la ville de Tintagel. Merlin, qui ressemblait trait pour trait à Bretel[1], appela et fit venir le portier et les soldats qui étaient de garde à l'entrée :

« Ouvrez, leur dit-il, voici le duc. »

En voyant distinctement, pensèrent-ils, Bretel, le duc et Jourdain, ils ouvrirent les portes et les laissèrent pénétrer dans l'enceinte de la ville. Une fois à l'intérieur, Bretel défendit aux hommes de répandre en ville la nouvelle que le duc était venu, mais plusieurs d'entre eux allèrent prévenir la duchesse. Ils chevauchèrent jusqu'au palais où ils mirent pied à terre. Merlin recommanda bien au roi, à voix basse, de se comporter comme le seigneur des lieux. Tous trois se rendirent jusque dans la chambre où se reposait Ygerne, déjà couchée. Ils aidèrent le plus vite possible leur maître à se déshabiller et à se coucher, puis ils sortirent, se postant à la porte de la chambre jusqu'au matin. Voilà par quel subterfuge Uterpendragon coucha avec Ygerne et cette nuit-là il engendra le bon roi qui devait s'appeler plus tard Arthur. La duchesse manifesta sa joie à Uter, persuadée d'avoir affaire au duc, son époux. Ils restèrent ensemble jusqu'au matin.

Au matin, la nouvelle de la mort du duc se répand, mais les trois amis ont le temps de partir sans être inquiétés ni reconnus. Merlin rappelle à Uter sa promesse. Il apprend au roi que, la nuit précédente, il a engendré un enfant mâle et que c'est cet enfant qu'il lui a accordé par avance. Il demande au roi de noter par

---

1. Chevalier du duc de Tintagel.

écrit la date et l'heure où il a couché avec Ygerne. Uter promet de lui abandonner l'enfant à sa naissance.

Un mois plus tard, Uterpendragon épouse Ygerne, veuve, sans lui révéler qu'il a abusé d'elle en se faisant passer pour son mari. Il marie les deux filles de la duchesse, l'une au roi Loth d'Orcanie, l'autre à un autre roi ; cette seconde fille, nommée Morgane, reçoit une éducation poussée, et elle devient si savante qu'on l'appelle bientôt Morgane la fée.

Ygerne avoue bientôt sa grossesse à son époux et lui révèle que le père de cet enfant est un homme qui, parfait sosie du duc, l'a trompée la nuit même où le duc a trouvé la mort. L'enfant né est confié à Merlin, qui a pris l'apparence d'un vieillard, et celui-ci le remet à un brave homme, Antor, dont la femme vient d'avoir un enfant : elle sera la nourrice du nouveau-né nommé Arthur.

La succession au trône : l'épreuve de l'épée dans le bloc de pierre

Quinze ans plus tard, le roi meurt, laissant son royaume en paix mais sans héritier ; pourtant, Merlin a donné l'assurance à Uterpendragon que son fils Arthur lui succéderait. Consulté sur le problème de la succession au trône, Merlin propose aux barons d'attendre Noël : Dieu leur choisira un roi. La proposition est acceptée. Arrive le jour tant attendu. Les gens assistent à la messe.

[83] Le jour venait de se lever quand ils sortirent de l'église. C'est alors qu'ils virent devant le porche principal, au milieu du parvis, un bloc de pierre cubique ; comme ils ne réussirent pas à en identifier la pierre, ils finirent par dire qu'il était en marbre. Au milieu de ce bloc se trouvait une enclume de fer, d'au moins un demi-pied de haut, et, au milieu de cette enclume, une épée était fichée jusque dans le bloc. Quand ceux qui étaient sortis les premiers de l'église l'aperçurent, ils furent frappés de stupeur. Ils rentrèrent dans l'église pour préve-

nir l'assistance. À cette nouvelle, l'archevêque de Logres qui chantait la messe prit de l'eau bénite et tous les reliquaires qui se trouvaient dans l'édifice puis, menant le cortège, suivi des autres membres du clergé et de tous les fidèles, il se rendit jusqu'au bloc de pierre. Ils l'examinèrent, virent l'épée, invoquèrent Notre Seigneur et aspergèrent le tout d'eau bénite, ne sachant que faire de mieux. L'archevêque en se baissant remarqua alors une inscription en lettres d'or gravée dans l'acier de l'épée ; il la lut : elle disait que, selon le choix de Jésus-Christ, serait roi de ce pays celui à qui cette épée était destinée et qui serait capable de la retirer de là. Après avoir lu intégralement cette inscription, l'archevêque la révéla à l'assistance. On ordonna alors à dix hommes de bien, cinq clercs et cinq laïcs, de garder le perron possédant l'épée. Tous déclarèrent que Jésus-Christ leur avait envoyé un signe manifeste ; ils s'en retournèrent dans l'église pour entendre la messe et pour rendre grâces à Notre Seigneur en chantant le *Te Deum laudamus* [1].

Les uns après les autres, les hommes du royaume tentent l'épreuve, mais personne ne réussit à enlever l'épée. Le 1er janvier suivant, selon la coutume, on organise une grande joute dans un champ, qui dégénère vite en une mêlée générale qui vide la ville de ses habitants. Le fils aîné d'Antor, Keu, demande à Arthur, son frère, d'aller lui chercher son épée, mais celui-ci n'arrive pas à la trouver.

[85] Arthur s'en revint alors en passant devant l'église sur le parvis où trônait le bloc de pierre : il vit l'épée dont il n'avait pas tenté l'épreuve. Il se dit que, s'il pouvait la prendre, il la porterait à son frère. Il s'en approcha sans descendre de cheval, la saisit par la poignée et l'emporta en la dissimulant sous un pan de sa tunique. En le voyant

---

1. Il s'agit d'un cantique latin d'action de grâces à la louange de Dieu qui tire son titre de ses premières paroles : *Te Deum laudamus*, « Nous te louons, Dieu ».

arriver, son frère, qui l'attendait en dehors de la mêlée, alla à sa rencontre et lui demanda son épée. Arthur lui répondit qu'il n'avait pas réussi à la trouver, mais qu'il en apportait une autre : il sortit celle qu'il cachait sous le pan de son vêtement et la lui montra. Keu lui demanda où il l'avait prise et Arthur lui répondit que c'était l'épée du bloc de pierre. Keu la prit alors, la dissimula sous un pan de sa tunique et partit à la recherche de son père.

[86] « Père, lui dit-il, quand il finit par le retrouver, je serai roi : voici l'épée du bloc de pierre. »

Très étonné de la voir, son père lui demanda comment il se l'était procurée et Keu répondit qu'il l'avait enlevée de la pierre elle-même. Antor n'en crut pas un mot et il le traita de menteur. Ils se dirigèrent tous deux vers l'église, suivis du jeune Arthur.

« Keu, cher fils, lui dit Antor, quand ils furent arrivés près du bloc de pierre dont l'épée avait été retirée, ne me mentez pas et dites-moi comment vous avez eu cette épée ; si vous me mentez, je le saurai bien et je ne vous aimerai jamais plus.

— Père, répondit Keu, rempli de honte, pour de bon, je ne vais pas vous mentir : c'est Arthur, mon frère, qui me l'a apportée à la place de la mienne que je lui avais demandée. Je ne sais pas comment il l'a eue.

— Donnez-la-moi, mon très cher fils, car vous n'y avez pas droit sans tenter l'épreuve. »

Keu la lui donna. Quand Antor l'eut en main, il regarda derrière lui et vit Arthur qui les avait suivis. Il l'interpella :

« Cher fils, venez ici me dire comment vous avez eu cette épée. »

Arthur le lui expliqua. Ce brave homme était plein de sagesse ; il demanda à Arthur de prendre l'épée, de la remettre là où il l'avait prise. Le jeune homme s'exécuta et la remit dans l'enclume où elle resta plantée aussi fermement qu'avant. Antor ordonna à Keu, son fils, de tenter l'épreuve, mais cela ne donna rien. Antor entra alors dans l'église et les appela tous deux.

« Je savais bien, dit-il à Keu, son fils, que vous n'aviez pas retiré l'épée. Très cher seigneur, dit-il à Arthur qu'il tenait serré dans ses bras, si je pouvais réussir à faire de vous le roi, quel avantage en obtiendrais-je ?

— Père, je ne puis avoir ce bien ou un autre, sans que vous, qui êtes mon père, n'en disposiez.

— Seigneur, répondit Antor, je suis le père qui vous a élevé, mais vraiment j'ignore qui vous a engendré. »

En entendant que celui qu'il croyait être son père le désavouait pour fils, Arthur éclata en sanglots, envahi de chagrin.

« Seigneur, mon Dieu, dit-il, quel bien pourrais-je avoir, puisque je suis privé de père !

— Seigneur, repartit Antor, cela n'est pas, car il faut bien que vous ayez eu un père, mais assurément, en toute bonne foi, je ne sais qui il était ou qui il est. »

Antor fait alors promettre à Arthur d'être toujours indulgent envers Keu et de faire de lui son sénéchal, s'il devient roi. Puis, en présence de l'archevêque et de quelques barons du royaume, Arthur enlève l'épée de l'enclume. Les barons manifestent leur vif mécontentement, disant qu'un roturier ne peut devenir leur roi, mais l'archevêque leur résiste, car c'est là le choix de Dieu. Il est décidé d'attendre jusqu'à la Pentecôte pour le couronnement du roi, afin de voir si quelqu'un d'autre réussira à retirer l'épée de l'enclume et aussi pour mieux connaître le jeune homme. Par sa grande sagesse, son comportement noble et généreux[1], le jeune Arthur conquiert tous ses sujets qui acceptent de l'élire et de le sacrer roi, en dépit de ses origines obscures.

---

1. La générosité est une qualité essentielle dans l'idéal aristocratique et courtois : fondamentalement, celui qui est noble doit se distinguer par sa largesse. Inversement, l'avarice caractérise le vilain au point que *vilain* peut signifier « pingre » (voir par exemple dans *L'Avare* de Molière, La Flèche, I, 3 et Maître Jacques, III, 3).

LE ROMAN DU GRAAL : LE DIDOT-PERCEVAL

Dans la trilogie conçue par Robert de Boron, le dernier roman consacré aux aventures de Perceval — le Roman du Graal, *encore appelé « Didot-Perceval »* [1], *du nom d'un manuscrit qui contient cette histoire — vient parachever le vaste ensemble initié avec les romans de* Joseph *et de* Merlin. *Il diffère essentiellement du* Conte du Graal [2] *que raconte Chrétien de Troyes en ce qu'il mène l'histoire du héros à sa fin. Merlin n'y est plus au premier plan, mais il intervient en particulier auprès du jeune héros, après son échec lors de sa visite au château du Roi-Pêcheur, face au Graal : déguisement et savoir prophétique allié à une grande sagesse qui fait de lui un être de bon conseil caractérisent ici Merlin. Le prophète survient en effet pour expliquer à Perceval, même sommairement, son échec, le remettre sur le chemin de ce château qu'il n'arrive pas à retrouver, lui rappeler ce qu'il doit faire face au Saint Graal. Merlin est donc ici encore un auxiliaire précieux, envoyé de Dieu ou agent du destin, qui permet à un jeune chevalier, une fois de*

---

1. Nous traduisons ce roman d'après l'édition de W. Roach, *The Didot Perceval*, Philadelphia (USA), University of Pennsylvania Press, 1941. L'extrait choisi se trouve aux pages 236-238, manuscrit E.   **2.** Ce dernier roman de Chrétien de Troyes, écrit vers 1180, en vers, est inachevé : on ne sait donc pas si Perceval aurait réussi à retrouver le château du Roi-Pêcheur, après son premier échec face au Graal, puisqu'il n'avait pas osé poser de questions sur la mystérieuse scène qui se déroulait sous ses yeux.

plus, de connaître une destinée exceptionnelle : devenir le gardien du Graal. C'est bien grâce à Merlin que s'achèvent les péripéties du Graal et, avec elles, les aventures du royaume de Logres ; bien plus, c'est sur ce personnage fondamental que se clôt le roman de Perceval.

Sur la piste du Graal

Perceval vient de remporter le tournoi du Château Blanc auquel il a porté en bannière la manche de la plus jeune fille du seigneur des lieux. Il s'apprête à regagner le château où il a demandé l'hospitalité pour une seconde nuit.

Alors que le seigneur, Perceval et son écuyer s'étaient mis en route, ils virent venir vers eux un homme, vieux et barbu, bien vêtu et portant sur sa nuque une faux : il avait tout d'un faucheur. Il s'avança à leur rencontre, attrapa le cheval de Perceval par son mors :

« Étourdi, lui dit-il, tu es insensé : tu n'aurais pas dû aller à un tournoi.

— Vieillard, lui demanda Perceval, stupéfait de ces propos, en quoi cela vous concerne-t-il ?

— Cela me concerne, répondit le brave homme, et cela est important pour moi et pour les autres. Sache que cela compte pour toi et moi, et davantage pour moi que pour autrui, je te l'assure.

— Qui es-tu ? lui demanda-t-il, de plus en plus étonné.

— Je suis le fils d'un homme que tu connais, malheureusement, mais lui te connaît mieux que tu ne le connais. Le connaître, sois-en sûr, ne peut apporter de bien à personne et cela peut en revanche rendre malheureux.

— Accepterais-tu de me faire des confidences sur ce qui t'occupe, dit Perceval, vraiment très surpris de ce discours, si je descendais de cheval ?

— Je te ferais des révélations que je ne ferais pas devant les autres. »

Perceval fut très heureux de cette proposition et il s'adressa à son hôte :

« Cher seigneur, allez-vous-en et attendez-moi chez vous : je vous suivrai dès que j'aurai parlé à ce brave homme.

— Très volontiers, seigneur », répondit son hôte, le vavasseur [1], qui aussitôt s'en alla.

Perceval resta sur place ; il alla trouver le vieil homme et lui demanda qui il était.

« Je suis un faucheur, répondit celui-ci, comme tu peux le voir.

— Qui donc t'a tant parlé de ce qui me concerne ? reprit Perceval.

— Je savais ton nom avant même ta naissance, lui répondit le vieil homme.

— Au nom de Dieu, lui dit Perceval, abasourdi de ce qu'il entendait, je te conjure de me parler de ma situation et de ton histoire, je t'en prie instamment.

— Je ne te mentirai sur rien, répondit l'autre. Sache que je suis appelé Merlin et que je suis venu du Northumberland pour te parler.

— Pour l'amour de Dieu, Merlin, reprit Perceval, qui allait de surprise en surprise dans cette conversation, j'ai beaucoup entendu parler de toi : on m'a dit que tu es un très bon devin. Mais, de grâce, apprends-moi comment trouver la demeure du riche Roi-Pêcheur.

— Je vais te donner de bonnes indications à ce sujet, lui répondit Merlin. Sache que Dieu t'a causé du préjudice parce que tu n'as pas tenu ta promesse : rappelle-toi que tu avais promis de ne dormir qu'une seule nuit dans le même logis ; or, tu as dormi deux nuits dans la maison du vavasseur, où tu voulais encore passer une nuit.

— Je n'y avais pas fait attention, dit Perceval.

— Il est donc plus facile de te pardonner, poursuivit Merlin. À présent, je vais te mettre sur la voie qui conduit à la demeure de ton aïeul : tu y parviendras avant que l'année se soit écoulée.

— Pour l'amour de Dieu, Merlin, lui dit Perceval, enseigne-moi un chemin plus rapide.

---

1. Le vavasseur représente le dernier degré de la hiérarchie féodale puisque de lui ne dépend aucun vassal.

— Il existe de nombreuses façons d'y arriver, car tu pourrais le faire encore cette nuit, mais c'est dans un an que tu y parviendras. Et prends garde, une fois que tu seras rendu, de ne pas te conduire comme un imbécile : pose des questions sur tout ce que tu verras.

— Oui, seigneur, répondit Perceval, pour peu que Dieu me permette de gagner cet endroit.

— Je vais m'en aller, dit alors Merlin. Je ne te parlerai plus, ta foi te rendra bien meilleur et dès que tu seras le gardien du vase de Jésus-Christ, je t'amènerai mon maître, qui a écrit l'histoire de ta vie et d'une partie seulement de la mienne [1]. À présent, je m'en vais. »

Sur ce, il s'en retourna : Perceval regarda dans sa direction, mais il ne le vit plus. Alors il leva la main et fit le signe de la croix, puis il revint vers son cheval, l'enfourcha et prit le chemin que Merlin lui avait indiqué.

Tout se passe comme Merlin l'a annoncé et Perceval trouve le chemin du Graal dont il devient le gardien. À la fin de l'histoire, Merlin lui amène son maître Blaise qui demeurera là désormais. Quant à lui, il annonce que, conformément à la volonté divine, il va se retirer de ce monde : il ne mourra qu'avec la fin des temps et, en attendant, il va vivre dans un endroit situé à l'extérieur du château du Graal, un « habitacle » où il prophétisera ce que Dieu lui inspirera et que les gens nommeront « l'esplumoir de Merlin » [2].

---

1. On retrouve ici plusieurs éléments de l'histoire tels qu'ils apparaissent notamment dans le *Merlin* attribué à Robert de Boron (§23) : Blaise, le « maître » de Merlin, la prédiction faite par Merlin au sujet de la venue de Blaise chez les gardiens du Graal, le *Livre du Graal* enfin. **2.** Nom énigmatique, formé à l'évidence sur le nom « plume », qu'on peut analyser comme un endroit où l'oiseau se dépouille de ses plumes, autrement dit fait sa mue ; à partir de là, on peut évoquer une sorte de perchoir où s'accomplit une mutation qui est maturation et régénérescence. N'oublions pas que le Merlin primitif a des caractéristiques d'oiseau (voir la Présentation).

L'HISTOIRE DE MERLIN : LA SUITE-VULGATE

Écrite en français et en prose vers 1230-1235, l'His-toire de Merlin[1] *est un ouvrage énorme qui commence par relater les aventures de Merlin en reprenant l'histoire attribuée à Robert de Boron et qui se poursuit par la* Suite-Vulgate *ou « Suite historique » du* Merlin. *Dans cette période de guerres où Arthur s'illustre comme un guerrier valeureux, Merlin intervient à de nombreuses reprises, comme un prophète, un devin, un précieux conseiller politique et militaire, un homme sauvage aussi. La fin ultime nous a semblé intéressante en particulier : elle raconte les adieux du prophète au roi et à Blaise puis son emprisonnement, ces deux éléments étant intimement liés. Même si l'*Histoire de Merlin *s'achève sur le retrait définitif de Merlin, sur sa défaite, puisque la fée Viviane triomphe de lui, le tableau brossé paraît moins noir que celui offert par la* Suite « romanesque » : *derrière l'amertume, il y a la réalisation d'un souhait, d'une passion, d'un désir. La fée Viviane n'a ici pas pris en grippe Merlin, elle lui tient ses promesses et, en définitive, la privation de la liberté, énorme châtiment, est sue, acceptée et a pour contrepartie un amour partagé.*

---

1. Nous traduisons *L'Histoire de Merlin* d'après l'édition de H. O. Sommer, *The Vulgate Version of the Arthurian Romances*, Washington, The Carnegie Institution of Washington, 1908, vol. II. L'extrait se trouve aux pages 450-452.

Merlin s'en alla trouver le roi Arthur et lui dit qu'il devait partir. Le roi et la reine le prièrent avec beaucoup d'amabilité de revenir vite : la compagnie de Merlin leur était si chère et leur faisait tellement plaisir, le roi avait pour lui tant d'affection ! Le fait est qu'en maintes nécessités, Merlin l'avait aidé et que c'est grâce à lui et à ses conseils qu'il avait été roi.

« Merlin, cher ami, lui dit encore le roi d'un ton très bienveillant, vous allez partir et je ne puis vous retenir contre votre gré, mais je serai très malheureux jusqu'à ce que je vous revoie. Pour l'amour de Dieu, hâtez-vous donc de revenir.

— Sire, répondit Merlin, c'est la dernière fois que nous nous voyons. Je vous recommande à Dieu. »

Le roi resta interdit à cette nouvelle et Merlin partit, incapable d'en dire plus, en pleurs. Il chemina tant qu'il parvint chez Blaise, son maître. Celui-ci fut très heureux de sa venue et lui demanda ce qu'il avait fait depuis leur dernière entrevue. De bon cœur, Merlin lui raconta en détail et dans l'ordre chronologique tout ce qui était arrivé au roi Arthur [...] et Blaise en fit le récit écrit complet et ordonné. C'est grâce à cela que nous savons aujourd'hui encore ce qui s'est passé. Merlin demeura huit jours chez Blaise, puis il se sépara de lui en lui disant que c'était la dernière fois qu'ils se voyaient : dorénavant il resterait avec son amie, il ne pourrait plus jamais la quitter, aller et venir comme il le voulait.

« Dans ces circonstances, puisque vous ne serez jamais plus libre de vos mouvements et que vous ne pourrez plus partir, n'y allez pas, lui dit Blaise, profondément affligé des propos de Merlin.

— Je dois y aller, répondit Merlin, car je le lui ai promis. Je suis en outre si passionnément épris d'elle que je ne pourrais me séparer d'elle. Je lui ai appris et enseigné tout le savoir qu'elle possède et bientôt elle en saura encore davantage puisque je serai obligé de rester avec elle. »

Amours et emprisonnement de Merlin : la tour d'air

Sur ces mots, Merlin quitta Blaise et chemina rapidement jusqu'à parvenir chez son amie. Ils furent très heureux, l'un et l'autre, de se retrouver. Ils restèrent ainsi ensemble pendant longtemps. Elle lui demandait continuellement de lui dévoiler de grands pans de ses entreprises ; il lui en dit et lui en apprit tant que, depuis lors et jusqu'à ce jour, il en fut tenu pour fou. Elle retint bien ses leçons, notant tout par écrit, en femme cultivée, savante dans les sept arts [1]. Quand Merlin eut dispensé à son amie tout le savoir qu'elle lui demandait, celle-ci réfléchit au moyen de le retenir prisonnier pour toujours. Elle commença à cajoler Merlin plus qu'elle ne l'avait jamais fait.

« Seigneur, lui dit-elle, j'ignore encore une chose que j'aimerais beaucoup savoir : comment emprisonner par la magie un homme, je vous prie, sans avoir recours à une tour, des murs, des fers, si bien que jamais il ne pourrait sortir de cet endroit, sauf par mon entremise. »

À ces mots, Merlin secoua la tête et se mit à soupirer. Elle s'en aperçut et lui en demanda la raison.

« Mademoiselle, vous qui êtes la maîtresse de mon cœur, je vais vous le dire ; je sais bien ce que vous méditez : vous voulez me faire prisonnier et moi qui suis passionnément épris de vous, je dois contre mon gré vous obéir. »

---

1. La culture médiévale, qui tire ses origines de l'Antiquité grecque, est fondée sur les arts libéraux, ainsi appelés parce qu'ils ne servent pas à gagner de l'argent et sont dignes de l'homme libre (ils s'opposent donc aux autres arts lucratifs, telle la peinture ou la sculpture, mais non pas la musique qui est rattachée à la science mathématique). Leur nombre est fixé à sept et on les étudie selon l'ordre suivant, en gravissant les échelons du cursus universitaire : la grammaire, la rhétorique, la dialectique, l'arithmétique, la géométrie, la musique, l'astronomie. Le premier ensemble constitue le *trivium*, centré sur les lettres, tandis que le second, qui s'attache à la connaissance des nombres et des mesures, constitue le *quadrivium*. C'est dire si Viviane est une femme cultivée !

En entendant cette réponse, elle lui passa les bras autour du cou et lui dit qu'il était juste qu'il soit à elle dès lors qu'elle était à lui.

« Vous savez bien, ajouta-t-elle, que mon grand amour pour vous m'a conduite à laisser mon père et ma mère afin de vous tenir dans mes bras jour et nuit ; c'est en vous que résident mes pensées et mon désir. Sans vous, je suis privée de joie et de bien-être. J'ai placé en vous tous mes espoirs et n'attends pas de plaisir d'un autre que vous. Dès lors que je vous aime et que vous-même m'aimez, n'est-il donc pas normal que vous fassiez mes volontés et moi, les vôtres ?

— Oui, assurément, Mademoiselle, répondit Merlin. Dites-moi à présent ce que vous souhaitez.

— Seigneur, je veux que vous m'appreniez à réaliser un bel endroit qui nous plaise et que je puisse fermer par un sortilège assez puissant pour ne pas être détruit ; nous y vivrons, vous et moi, quand nous en aurons envie, dans la joie et le plaisir.

— Mademoiselle, cela, je le réaliserai aisément pour vous.

— Seigneur, répliqua-t-elle, je ne veux pas que vous-même le fassiez ; je veux en revanche que vous m'appreniez à le faire, car il sera alors plus conforme à mes goûts.

— Soit, c'est d'accord », fit Merlin.

Il se mit alors à le lui expliquer et la jeune femme consigna par écrit tout ce qu'il dit. Elle fut ravie, quand il fut parvenu au bout de ses explications, elle l'en aima davantage, lui offrit une mine plus réjouie qu'à l'ordinaire. Ils vécurent ensemble pendant longtemps. Un jour qu'ils se promenaient, main dans la main, bavardant pour se distraire en pleine forêt de Brocéliande, ils trouvèrent un buisson d'aubépine, beau, vert, grand, chargé de fleurs : ils s'assirent à son ombre. Merlin posa sa tête dans le giron de la jeune femme et elle se mit à le caresser si bien qu'il s'endormit. Dès qu'elle sentit qu'il dormait, elle se releva sans faire le moindre bruit, fit un cercle de sa guimpe [1] tout autour du buisson et de Merlin. Elle

---

1. Pièce amovible du vêtement féminin : morceau de toile qui couvre la tête et le cou des femmes, à la façon d'un voile.

commença ses enchantements... Après quoi, elle alla se rasseoir près de lui ; elle lui remit la tête dans son giron et le garda dans cette posture jusqu'à son réveil. Il regarda alors autour de lui et eut l'impression d'être dans la plus belle tour du monde, couché sur le plus beau lit où il ait jamais dormi.

« Mademoiselle, lui dit-il, vous m'avez trompé par vos enchantements, si vous ne demeurez pas avec moi, car vous seule avez le pouvoir de détruire cette tour.

— Mon très cher ami, lui répondit-elle, je serai là souvent et vous me tiendrez dans vos bras comme moi je vous tiendrai dans les miens : vous ferez désormais tout ce qu'il vous plaira. »

Elle lui tint fidèlement cette promesse car rares étaient les jours et les nuits où elle n'était pas avec lui. Jamais, depuis lors, Merlin ne sortit de cette forteresse où l'avait enfermé son amie. Elle, en revanche, en sortait et y entrait comme bon lui plaisait.

Un jour, Gauvain, envoyé à la recherche de Merlin par le roi, entend une voix dans la forêt de Brocéliande et il se dirige vers elle : parvenu sur les lieux d'où provient la voix, il ne voit rien d'autre qu'une sorte de rideau de fumée peu épaisse mais impossible à franchir. La voix l'interpelle et il reconnaît en elle Merlin qui lui apprend son sort. De retour à la cour, Gauvain transmet la nouvelle et le roman s'achève.

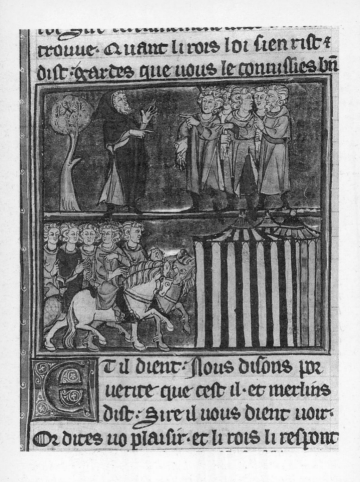

Merlin, déguisé en vieillard, apparaît au roi Pendragon.

Ms.fr.95, fol. 134. L'histoire de Merlin
BnF, Paris.

LA SUITE-HUTH OU SUITE DU ROMAN DE MERLIN

Écrite en français et en prose sans doute vers 1235-1240, la « Suite romanesque » ou encore Suite-Huth, *d'après le nom de celui qui posséda le manuscrit à la fin du XIXᵉ siècle[1] fait suite à une adaptation légèrement différente du* Merlin *et s'offre comme un ensemble touffu, dominé par la pesanteur de la fatalité, qui veut qu'Arthur inaugure son règne par un inceste avec sa sœur. Merlin y apparaît toujours comme un prophète et, de façon plus originale, comme un fameux interprète de songes. D'emblée, il intervient dans le roman pour faire reconnaître la légitimité du jeune Arthur, élu de Dieu mais aussi fils du feu roi Uterpendragon : Merlin, seul homme à le savoir, doit révéler ce secret des origines d'Arthur. Même s'il continue à entourer le roi régnant de ses conseils et de sa fidèle amitié, il n'est plus, en revanche, le compagnon de jeux facétieux qu'il a pu être jadis. Il revêt aussi le visage de l'homme amoureux, ou plutôt de l'homme malheureux en amour, comme si toute la science et les dons du magicien-prophète étaient incapables de le favoriser, comme si les sentiments et le désir prenaient le pas sur le jugement. En fait, avec le feu de la luxure qui habite ici Merlin, c'est la nature diabolique de l'être qui resurgit, essence que les épisodes précédents contés par Robert de*

---

1. Nous traduisons *La Suite du roman de Merlin*, d'après l'édition de G. Roussineau, Genève, Droz, 1996, 2 tomes ; les numéros entre crochets correspondent aux numéros des paragraphes.

Boron avaient eu tendance à faire oublier complètement.
Merlin initiera donc à ses secrets deux femmes remar-
quables, les fées Morgane et Viviane[1]*, qui, en guise de*
reconnaissance, causeront son désespoir et sa perte.

Révélation des origines du roi Arthur

Un mois après son couronnement, lors d'une grande
fête à Carduel, Arthur séduit la femme du roi Loth d'Or-
canie, la fille d'Ygerne, en ignorant qu'elle est sa sœur[2]*.*
Il engendre Mordret qui causera la ruine du monde
arthurien et le blessera à mort alors que lui-même le tue-
ra[3]*. Arthur fait un rêve prémonitoire effrayant ; pour se*
distraire de ses noires pensées, il va à la chasse.

[10] Tandis qu'il était plongé dans ses pensées, Merlin
s'approcha de lui sous l'apparence d'un enfant de quatorze ans[4]. Il reconnut le roi au premier coup d'œil, le
salua et fit mine de ne pas savoir qu'il s'agissait du souverain. Le roi releva la tête :

« Dieu te bénisse, mon garçon ! Qui es-tu ?

— Je suis un enfant qui vient de loin, et je m'étonne
de te voir méditer ainsi [...], car je suis d'avis qu'un
homme de quelque valeur ne doit pas se préoccuper de
ce sur quoi il peut se faire aider.

— Mon enfant, dit le roi en le dévisageant, surpris
d'une si grande sagesse, je ne crois pas que quiconque
puisse me venir en aide, sauf Dieu.

---

1. La Dame du Lac, selon les manuscrits, s'appelle Viviane ou
Niviane ou Nivienne ou encore Ninienne.   **2.** Dans ce texte, il
s'agit de la sœur d'Arthur (fille d'Ygerne et d'Uterpendragon) alors
que dans d'autres, il s'agit de sa demi-sœur (fille d'Ygerne et du
duc de Cornouailles).   **3.** Cette fin dramatique du règne d'Arthur
où sombre le monde arthurien, où en particulier Arthur, le père, tue
Mordret, le fils incestueux, et où le fils blesse à mort le père, est
racontée dans le roman intitulé *La Mort du roi Arthur*, sur lequel
s'achève l'énorme roman-fleuve que l'on appelle le *Lancelot-Graal*.
4. L'enfant a quatre ou quatorze ans, selon les manuscrits.

— Assurément, répondit Merlin, je connais toutes tes pensées et je suis au courant de tous tes agissements d'aujourd'hui. Sire, que tu es désemparé pour rien ! Tout ce que tu as vu en rêve doit arriver, car telle est la volonté du Créateur de ce monde. Et si c'est ta mort que tu as vue, tu ne dois pas en être troublé. »

Le roi fut stupéfait d'entendre pareils propos, comme l'on peut aisément s'en douter.

« Pour t'étonner davantage, poursuivit Merlin, je vais te raconter précisément ton rêve de la nuit dernière.

— Ma foi, répliqua le roi, si tu en es capable, ce sera selon moi encore plus prodigieux que tout ce que j'ai entendu et vu aujourd'hui.

— Je vais pourtant te le dire et tu seras alors encore plus perplexe qu'avant. »

[11] Merlin lui raconta donc précisément le rêve qu'il avait fait.

« Tu n'es pas un homme digne de confiance, repartit immédiatement après s'être signé le roi stupéfait, mais un diable, car l'intelligence humaine ne te permettrait pas de connaître les choses si secrètes que tu viens de me dire.

— Ce n'est pas parce que je t'ai révélé ces choses secrètes, reprit Merlin, que tu peux te permettre raisonnablement de dire que je suis un diable. Mais moi, je vais te prouver à juste titre que tu es un démon, l'ennemi de Jésus-Christ et le plus déloyal chevalier de cette région. Tu es le roi, tu as été sacré : c'est la grâce de Jésus-Christ, et non rien d'autre, qui t'a conféré cet honneur et cette dignité. Arthur, tu as commis un crime très grave en couchant avec ta propre sœur, tu as engendré un fils qui sera la cause de grands maux dans ce pays, comme Dieu le sait.

— [12] Tu es un vrai diable, répondit Arthur, très humilié de ces paroles, tu ne peux être sûr de ces accusations à moins de savoir avec certitude que j'ai une sœur. Et cela, tu ne peux pas le savoir, toi pas plus qu'un autre, puisque moi-même je l'ignore et que personne, me semble-t-il, n'est mieux placé que moi pour le savoir.

— Ma foi, tu as tort, répondit Merlin. Je suis mieux placé que toi pour le savoir, car tu n'es au courant de rien

et moi, je sais qui étaient ton père et ta mère, qui sont tes
sœurs, et même si cela fait longtemps que je ne les ai
pas vues, je sais bien qu'elles sont vivantes et en bonne
santé. »

Très réconforté de cette nouvelle, le roi pourtant continua à ne pas croire que l'enfant lui disait la vérité, persuadé qu'il s'agissait d'un démon.

« Si tu peux me dire la vérité au sujet de mes parents
et de mes sœurs, dit-il cependant, et me faire connaître
de quelle souche je suis issu, tu ne pourras jamais rien
me demander sans que je te le donne, si du moins j'en ai
le pouvoir.

— M'en donnes-tu ta parole de roi ? Sache bien que
si tu mentais, cela te coûterait des désagréments plus
grands que tu ne le penses.

— Je te le promets en toute loyauté, répondit le roi.

— Je vais donc te le dire, fit Merlin, et je t'en donnerai
la preuve d'ici peu. [13] Je t'affirme que tu es noble, de
très haute naissance puisque fils de roi et de reine, et que
ton père était un homme de bien et un vaillant chevalier.

— Comment ! Je suis donc aussi noble que tu le dis ?
S'il en était ainsi, je n'aurais de cesse que je ne remette
sous ma sujétion la plus grande partie du monde !

— Certes, ce n'est pas le manque de noblesse qui t'en
empêchera ! Prends donc garde à ce que tu en feras, car,
si tu es aussi vaillant chevalier que ton père, non seulement tu ne perdras pas de terres, mais encore tu en
conquerras beaucoup.

— Et comment s'appelait mon père ? Tu peux bien me
le dire.

— Oui, certes. Il s'appelait Uterpendragon et régnait
sur tout ce pays.

— Mon Dieu, si, comme tu le dis, il fut mon père, je
ne puis manquer d'être un homme de bien : j'ai en effet
tant entendu parler de lui que je sais bien que, à moins
d'un imprévu, il ne peut avoir engendré un fils indigne.
Mais, même si tout cela était bien vrai, les seigneurs de
ce royaume le croiraient bien difficilement.

— Je le leur ferai savoir de telle sorte qu'ils n'auront
aucun doute là-dessus avant la fin du mois : ils sauront

vraiment que tu es le fils d'Uterpendragon et de la reine Ygerne.

— Tu me dis des nouvelles si extraordinaires que j'ai peine à te croire. Je vais te dire pourquoi. Si j'avais été le fils de qui tu me dis, on ne m'aurait pas confié à un vavasseur comme celui qui m'a élevé et je ne serais pas aussi inconnu ; c'est impossible que celui qui m'a élevé ne connaisse pas mes origines ; or, lui-même m'a dit qu'il n'était pas mon père et qu'il ne savait pas qui j'étais. Et toi qui es un étranger, comment pourrais-tu mieux connaître la vérité sur cette affaire que ceux qui ont vécu à mes côtés depuis mon plus jeune âge ?

— Si je ne t'ai pas dit la vérité sur tout ce que tu viens d'entendre, reprit Merlin, tu es délivré de la promesse que tu m'as faite. Sache encore que je ne t'ai pas parlé pour t'humilier ou par haine, mais parce que j'ai de l'affection pour toi. Je t'ai fait tout à l'heure une révélation que je ne répéterai jamais, que je cacherai aussi bien que tu le feras toi-même, sois-en persuadé : il s'agit de l'inceste que tu as commis avec ta sœur, comme je te l'ai appris. J'agirai ainsi non pas tant par amour pour toi que par amour pour ton père, car nous avions beaucoup d'affection l'un pour l'autre et nous avons beaucoup fait l'un pour l'autre.

— Dis-tu vrai ?

— Oui, bien sûr, répondit Merlin.

— Par Dieu ! dit le roi. Tu peux être sûr que désormais je n'aurais plus du tout foi en tes paroles, car tu n'as pas l'âge pour avoir pu voir un jour mon père, si celui-ci était Uterpendragon : il n'a ainsi jamais rien pu faire pour toi, ni toi pour lui. Je te prie donc de quitter ces lieux, car je ne souhaite pas rester en compagnie de quelqu'un qui veut me faire prendre des vessies pour des lanternes ! »

[14] À ces mots, Merlin fit semblant d'être très en colère et il quitta le roi sur-le-champ, s'enfonçant dans la forêt là où elle lui semblait être la plus dense. Il changea alors d'aspect et se métamorphosa en un vieillard, âgé de quatre-vingts ans, si faible qu'il pouvait à peine marcher, revêtu d'une robe grise. Il revint trouver le roi, donnant l'impression d'être un sage.

Merlin se fait alors très vite reconnaître du roi et lui
confirme ce qu'il vient d'entendre. Il lui révèle le secret de
ses origines et lui promet de l'aider à en faire la preuve
aux yeux de tous : Arthur est bientôt reconnu publiquement
comme le fils d'Uterpendragon et d'Ygerne.

Les amours de Merlin avec Morgane

Le temps passe. Un jour, Morgane, la sœur du roi,
décide de se lier avec Merlin, très intéressée par des
leçons de l'enchanteur.

[157] Elle se lia d'amitié avec Merlin et le pria de lui
apprendre ce qu'il savait, en échange de quoi elle lui promit qu'elle ferait pour lui tout ce qu'il oserait lui demander. Quand il la vit si belle, il eut le coup de foudre et
tomba amoureux fou d'elle.

« Madame, lui dit-il, à quoi bon vous le cacher ? Vous
ne saurez rien me demander que je ne vous l'accorde de
mon mieux.

— Seigneur, je vous en remercie vivement, vous allez
pouvoir me le prouver : je vous prie de m'apprendre assez
d'enchantements pour qu'aucune femme de ce royaume
n'en connaisse plus que moi. »

Il lui répondit qu'il le ferait. En peu de temps, car elle
était intelligente, perspicace et avide de savoir, il lui
apprit une grande partie de ce qu'elle désirait connaître ;
la science et les techniques de la magie lui plaisaient
beaucoup. [...] Quand elle fut assez instruite dans ce
domaine, elle chassa Merlin de son entourage, parce
qu'elle s'était bien rendu compte qu'il était amoureux fou
d'elle : elle lui déclara qu'elle lui ferait subir des traite-
ments infamants s'il continuait à rester auprès d'elle.
Merlin en éprouva un profond chagrin, mais il ne voulut
pas causer son malheur parce qu'il aimait beaucoup le roi
Arthur. Il s'enfuit donc le plus vite qu'il put.

Les amours de Merlin avec Viviane

L'épisode avec celle qui deviendra la Dame du Lac, Viviane, est tout à fait comparable, puisque là encore la jeune femme profite de l'amour du magicien pour lui extorquer ses secrets, en lui promettant de l'aimer alors qu'elle le déteste. Mais cette fois-ci, les conséquences sont graves.

[315] Merlin restait bien volontiers en compagnie de Viviane, la Demoiselle Chasseresse[1], tant et si bien qu'il en tomba passionnément amoureux. Elle était très belle et n'avait pas plus de quinze ans. Très avisée pour son âge, elle se rendit bien compte que Merlin l'aimait : cela la rendit folle d'inquiétude car elle craignait qu'il ne la déshonore en ayant recours à sa magie ou qu'il n'abuse d'elle pendant son sommeil. Mais Merlin n'en avait pas l'intention, car il n'aurait rien commis qui puisse la fâcher. [316] La jeune fille resta à la cour du roi pendant quatre bons mois : Merlin, très épris d'elle, venait la voir chaque jour.

« Je ne vous accorderai jamais mon amour, lui dit-elle, si vous ne me promettez pas de m'apprendre tous les enchantements que je vous demanderai.

— Je vous apprendrai tout ce que je sais, lui répondit-il, après avoir éclaté de rire, car je n'aime ni ne pourrais aimer personne d'autre que vous.

— Puisque vous m'aimez tant, reprit-elle, je veux que vous me juriez en levant votre main que vous n'attenterez rien, ni par magie ni autrement, qui soit susceptible selon vous de me déplaire. »

---

1. Le modèle qui se cache derrière cette expression est celui de la déesse romaine Diane, puisque, comme elle, Viviane aime la chasse. Mais la suite du roman, qui raconte à sa façon l'histoire de Diane, pousse encore plus loin les ressemblances entre les deux femmes : conquise par le même endroit sauvage et reculé, en bordure d'un lac, la jeune femme se fera construire une demeure là où jadis Diane avait choisi d'habiter et elle fera périr l'homme amoureux d'elle, Merlin, tout comme Diane s'était débarrassée de son amant Faunus.

Merlin s'empressa de faire ce serment. [317] C'est ainsi que la jeune fille devint son amie, mais en tout bien tout honneur ; de son côté, il patientait et espérait qu'elle se donnerait à lui de son plein gré, lui offrant sa virginité, car il savait bien qu'elle était encore vierge. Il commença à lui apprendre l'art et la pratique de la magie, si bien qu'elle fut bientôt très savante en ce domaine.

Lors d'un voyage en Petite-Bretagne[1] où il accompagne la jeune fille, Merlin l'emmène au Lac de Diane. Conquise par le charme de cet endroit, Viviane décide de s'installer sur les berges du lac. Merlin lui fait bâtir une demeure somptueuse qu'il rend invisible à tous, sauf à ses habitants.

« Entombement » et mort de Merlin

[379] Merlin se mourait d'amour pour la Demoiselle du Lac, mais il n'osait pas solliciter ses faveurs parce qu'il savait bien qu'elle était encore vierge. Et pourtant, il espérait que sous peu il la posséderait et ferait avec elle ce qu'un homme fait avec une femme. Il lui avait appris tant de pratiques magiques qu'elle n'était guère moins savante que lui. Elle était bien consciente qu'il n'aspirait qu'à lui faire perdre sa virginité et, pour cette raison, elle lui vouait une haine mortelle et cherchait à le tuer par n'importe quel moyen. Elle l'avait si bien ensorcelé par sa magie qu'il ne pouvait rien savoir de tous ses agissements. Elle avait déjà révélé à l'un de ses cousins qui l'accompagnait qu'elle ferait mourir Merlin dès que l'occasion se présenterait à elle, sans attendre davantage.

« Je ne pourrais pas, en effet, avoir envie de l'aimer, même s'il faisait de moi la maîtresse de toutes les richesses qui existent sous le ciel, parce que je sais qu'il

---

1. Il s'agit de la Bretagne continentale, armoricaine, en opposition à la Grande-Bretagne, insulaire, située de l'autre côté de la Manche.

est le fils d'un diable et qu'il n'est pas semblable aux autres hommes. »

Peu après, l'occasion se présente à Viviane d'exécuter ses projets. Lors d'une chevauchée en forêt, bien nommée la Forêt Périlleuse [1], *Merlin, la jeune fille et ses compagnons se font surprendre par la nuit. Merlin propose à Viviane de lui montrer une belle petite chambre taillée dans le rocher qui a abrité jadis les amours passionnés de deux jeunes gens jusqu'à leur mort. La jeune fille accepte avec joie, décidée à enfermer Merlin dans cette chambre. Merlin lui dévoile la sépulture des deux fidèles amants, enterrés sous une pierre tombale en marbre. Viviane décide de passer la nuit dans cet endroit, en mémoire d'eux. Merlin acquiesce.*

[385] La jeune fille demanda qu'on lui prépare son lit et, ses ordres exécutés, elle se coucha. Merlin en fit autant, mais dans un autre lit. Cette nuit-là, Merlin se sentit très fatigué, non pas aussi heureux ni enjoué que d'habitude. Sitôt couché, Merlin s'endormit : il était déjà complètement ensorcelé, ayant perdu toute l'intelligence et la mémoire qui étaient jusque-là les siennes. La jeune fille, qui le savait parfaitement, se leva de son lit, vint là où il dormait et se mit à l'ensorceler encore plus profondément. Après l'avoir réduit à un état tel qu'il n'aurait pu réagir même si on lui avait coupé la tête, elle s'empressa d'ouvrir la porte de la chambre, appela tous ses gens et les fit venir près du lit où gisait Merlin. Elle se mit à le retourner dans tous les sens comme une motte de terre, sans déclencher la moindre réaction de sa part, comme si son âme avait déjà quitté son corps [2].

« Parlez à présent, Seigneurs, s'empressa-t-elle de dire à son entourage, n'est-il pas bien ensorcelé celui qui avait coutume d'ensorceler les autres ? »

---

1. Le nom de cette forêt symbolise bien le danger qu'elle représente : c'est là que Merlin va trouver la mort. **2.** Au Moyen Âge, on considère l'âme comme le principe de la vie humaine ; l'expression *rendre l'âme*, par exemple, conserve aujourd'hui encore ce sens.

Sous l'effet de la stupeur, ils firent le signe de croix : ils n'auraient jamais cru que quelqu'un de ce monde puisse ainsi enchanter Merlin.

« Dites-moi donc ce que l'on doit faire de lui. Il est venu avec moi et m'a suivie, non pour mon honneur, mais pour m'outrager et me ravir ma virginité. Je préférerais le voir pendu [1] plutôt que de me laisser ainsi toucher par lui, car il était le fils d'un diable, ennemi de Dieu, et je ne pourrais l'aimer pour rien au monde. C'est pourquoi il me faut réfléchir au moyen de me débarrasser définitivement de lui car, si je ne le fais pas maintenant, jamais une aussi bonne occasion ne se représentera.

— Madame, dit l'un des serviteurs, à quoi bon passer votre temps en souhaits et en paroles ? Je suis prêt à vous débarrasser de lui sur-le-champ.

— Comment pourrais-tu le faire ?

— Je vais le tuer, dit-il. Pourquoi procéder autrement ?

— Mon Dieu, non ! Je ne permettrais pas qu'il soit tué sous mes yeux, car je ne supporterais pas ce spectacle ! Mais je saurai me venger de lui bien mieux que tu ne le proposes. »

[386] Elle ordonna alors de prendre Merlin par les pieds et par la tête, puis de le jeter dans la fosse où gisaient, couchés sur le dos, les deux amants, puis elle fit remettre en place la pierre tombale. Une fois que ce fut fait, non sans difficultés, elle commença à se livrer à ses sortilèges : elle joignit la dalle à la tombe et la scella par ses sortilèges et ses formules magiques, si bien que, depuis, jamais personne ne put réussir à la bouger, à l'ouvrir ni à voir Merlin, mort ou vif, avant qu'elle-même n'y vienne sur la prière de Tristan [2] [...]. Plus personne, depuis lors, n'entendit parler Merlin, sauf Baudemagu [3], qui passa quatre jours plus tard. Merlin était encore en vie à ce jour et il parla à Baudemagu alors que celui-ci s'effor-

---

1. La pendaison est une mort infamante. **2.** Aucun manuscrit n'a à ce jour révélé cet épisode... **3.** Baudemagu est le neveu du roi Urien, qui est lui-même l'époux de Morgane ; il deviendra roi à son tour et Arthur l'estimera beaucoup.

çait de soulever la pierre tombale, curieux de savoir qui se plaignait si vivement là-dessous.

« Baudemagu, lui dit alors Merlin, ne te mets pas en peine de soulever cette pierre tombale, car ni toi ni personne ne la soulèverez avant que ne le fasse celle qui m'a enfermé ici. La force pas plus que les enchantements ne seraient d'aucune utilité, car je suis si fermement emprisonné par des formules magiques et des conjurations que personne ne pourrait me faire sortir de là, sauf celle qui m'y a mis. »

Le lendemain, Viviane quitte les lieux. Avant de mourir, Merlin pousse un dernier cri terrible, qui exprime sa douleur de voir qu'il meurt, victime de la ruse d'une femme, et que son intelligence a été mise en échec par celle d'une femme. Ce cri est entendu dans tout le royaume de Logres, le royaume d'Arthur, et suscite de nombreux prodiges. L'histoire d'Arthur et de ses chevaliers se poursuit encore longuement dans ce roman, mais désormais sans Merlin.

Merlin dicte le récit des événements à Blaise.
Ms.fr. 95, fol. 223. L'histoire de Merlin.
BnF, Paris.

LANCELOT

À l'occasion de l'enlèvement de Lancelot par une mystérieuse inconnue qui s'enfuit, le nourrisson dans les bras, et disparaît dans les profondeurs d'un lac, le roman, qui en est à son tout début, revient sur l'origine de Merlin, son savoir et ses amours. C'est donc un abrégé de la vie de Merlin, original en certains points, qui nous est ici présenté par le biais de l'évocation de la Dame du Lac. Merlin n'y est plus le prophète en faveur à la cour des rois et il apparaît comme un être diabolique, non baptisé, assez déplaisant par sa concupiscence, berné par une femme, et aussi comme l'origine d'un savoir extraordinaire, magique, qu'il transmet par amour et qui, en définitive, servira aussi à sauvegarder le jeune Lancelot.

Le canevas proposé sera ultérieurement repris dans l'Histoire de Merlin (composée a posteriori), puisque le roman de Lancelot[1], écrit en français et en prose entre 1215 et 1225, appartient lui aussi au même vaste ensemble romanesque du Lancelot-Graal[2]. On pourra

---

1. Nous traduisons le roman d'après l'édition d'A. Micha, *Lancelot, roman en prose du XIIIᵉ siècle*, Genève, Droz, 1980, t. VII. L'extrait choisi correspond aux paragraphes 1 à 10 de la section VIa, p. 38-43.   **2.** Rappelons que le *Lancelot-Graal*, dans sa totalité, se présente comme un roman en cinq volumes équivalant à environ treize tomes en format poche actuel d'environ trois cents pages chacun ! Que le public ait eu besoin qu'on lui rafraîchisse la mémoire de temps à autre se conçoit aisément ; que, par ailleurs, il ait pu oublier précisément ce qui lui avait été raconté précédemment ne fait pas non plus l'ombre d'un doute...

certes repérer entre les deux, ici et là, des variations, des
différences, mais celles-ci n'entament pas la cohérence
de l'ensemble.

Une mystérieuse ravisseuse : la fée du Lac

[1] La jeune femme qui emporta Lancelot dans le lac [1] était une fée. En ce temps-là, on appelait fées toutes les femmes qui s'y connaissaient en enchantements et il y en avait alors beaucoup plus en Grande-Bretagne que dans tout autre pays. Elles connaissaient, affirme le *Conte des Histoires Bretonnes* [2], la vertu des paroles, des pierres et des herbes [3] et c'est ce qui les maintenait jeunes, belles et aussi riches qu'elles le souhaitaient. Et tout cela datait de l'époque de Merlin, le prophète des Anglais, qui savait toute la science qui peut dépendre des diables ; c'est pourquoi il fut si redouté et honoré des Bretons qu'ils l'appelaient le saint prophète tandis que le petit peuple l'appelait son dieu.

[2] Cette jeune femme dont parle le conte détenait de Merlin tout ce qu'elle savait de magie : pour y parvenir, elle avait été très habile.

---

1. Il s'agit, le texte l'a dit un peu plus haut, du Lac de Diane. Or, celui qui a lu ou entendu raconter l'*Histoire de Merlin* sait que c'est au bord de ce lac que Merlin a fait bâtir pour Viviane une demeure somptueuse qu'il a ensuite rendue invisible ; il ne peut donc pas manquer d'établir le rapprochement entre les deux romans et d'identifier aussitôt la mystérieuse jeune femme qui a disparu dans l'eau, en emportant dans ses bras le jeune Lancelot.   **2.** Le livre évoqué ici n'est pas authentifié, sans doute parce qu'il relève d'abord d'une pure convention de l'époque : il est traditionnel, en effet, que l'écrivain de langue romane prétende n'être que le transcripteur d'un savoir qu'on lui a transmis ou qu'il a lu ailleurs : il n'invente pas et la source invoquée derrière laquelle il se retranche sert de garantie à son propre travail, lui confère autorité. **3.** Dans les mentalités médiévales, non seulement les paroles peuvent avoir des propriétés particulières, magiques, mais les pierres précieuses et les herbes également.

Un père diabolique et une mère étonnante

Il est certain que Merlin fut engendré dans une femme grâce à un diable et même par un diable, car on l'appela pour cette raison l'enfant sans père. Cette espèce de diables vit souvent dans notre monde, mais ceux-ci n'ont pas la force ni le pouvoir de faire complètement ce qu'ils veulent sur les croyants ou sur les incrédules, à cause de la luxure qui les échauffe. Nous trouvons d'ailleurs écrit que, quand ils furent créés anges [1], ces diables étaient si beaux, si désirables qu'ils se délectaient à se contempler jusqu'à devenir échauffés de luxure. Une fois déchus avec leur malheureux maître, ils conservèrent sur terre la luxure à laquelle ils avaient commencé à s'adonner dans leur séjour céleste.

[3] C'est de cette espèce de diables que Merlin était issu, rapporte le *Conte des Histoires*, et voici comment. Il est exact que, dans la région frontalière de l'Écosse et de l'Irlande, il y avait jadis une jeune fille noble d'une grande beauté, fille d'un vavasseur qui n'était pas très riche. La jeune fille parvint à l'âge de se marier. Il faut vous dire qu'elle avait en elle une particularité : elle demandait à son père et à sa mère de ne pas la marier ; ils devaient savoir avec certitude qu'elle n'aurait jamais dans son lit un homme qu'elle verrait de ses propres yeux, car son cœur ne pourrait pas le supporter [2]. Son père et sa mère tentèrent de plusieurs façons de savoir s'ils pourraient la détourner de ce sentiment. Mais ce fut en vain : ils devaient être bien persuadés, leur dit-elle, que, s'ils la

---

1. La source évoquée ici n'est pas la Bible telle que nous l'entendons, mais des écrits postérieurs à l'Ancien Testament qui s'agrégèrent pendant longtemps aux écrits saints et exploitèrent certains pans de l'histoire biblique, en inventèrent d'autres parmi lesquels figure la chute des anges : le plus beau de tous les anges, Lucifer, et, à sa suite, quelques autres anges, pour s'être révoltés contre Dieu, furent précipités du Paradis et, déchus, ils devinrent des démons.   2. Cette exigence de la jeune fille qui ne supporte pas la vue de son époux rappelle celle d'Éros vis-à-vis de Psyché, telle que nous la raconte la mythologie grecque.

forçaient à se marier, dès qu'elle aurait vu son futur époux, elle en mourrait ou en perdrait la raison.

[4] Sa mère la prit à part et lui demanda confidentiellement, comme une mère à sa fille, si elle voulait définitivement se passer de mari et s'abstenir de toutes relations charnelles ; elle répondit que non, si elle pouvait avoir la compagnie d'un homme qu'elle ne verrait pas, car elle avait bien le désir de sentir son contact, mais c'est le voir qui était impossible. Ses parents n'avaient plus d'autre enfant ; ils l'aimaient autant que l'on doit aimer son unique enfant : ils ne voulurent pas risquer de la perdre, ils patientèrent en attendant de voir si elle changerait d'idée, jusqu'au jour où le père mourut.

[5] Après la mort du père, la mère invita à maintes reprises sa fille à prendre un mari, mais sans résultat, car elle ne voulait pas accepter d'épouser un homme qu'elle verrait de ses yeux. Le mal qui affectait ses yeux, disait-elle, était tel en effet que pour rien au monde elle ne pourrait supporter de le voir ; en revanche elle supporterait aisément et même volontiers de le sentir sans le voir. Peu de temps après, un diable de l'espèce dont je vous ai parlé vint trouver la jeune fille une nuit dans son lit. Il commença à la supplier instamment en lui promettant que jamais elle ne le verrait. Elle lui demanda qui il était. « Je suis, répondit-il, un homme d'une terre étrangère et, parce que vous ne vous souciez pas d'un mari que vous puissiez voir, je viens à vous, car moi non plus il ne me serait pas possible de voir la femme avec qui je coucherais. »

[6] À tâtons, la jeune fille sentit qu'il avait un très beau corps, très bien fait apparemment. Et pourtant, un diable n'a ni corps ni membres que l'on puisse toucher, car ce qui est de l'ordre de l'esprit ne peut être touché et tous les diables sont de l'ordre de l'esprit ; mais les diables souvent prennent un corps fait à partir de l'air, si bien que ceux qui les voient ont l'impression qu'ils sont formés de chair et d'os. Quand elle sentit le corps du diable, ses bras, ses mains et le reste, il lui sembla, d'après ce qu'elle pouvait en savoir au toucher, qu'il était très bien bâti et sans doute beau : elle tomba amoureuse de lui et s'aban-

donna complètement à lui. Elle dissimula parfaitement l'affaire à sa mère et aux autres.

[7] Après avoir mené cette vie pendant cinq mois, elle fut enceinte ; quand, au terme normal, elle accoucha, tout le monde en fut stupéfait, car on ne savait pas qui était le père et elle ne voulait le dire à personne. L'enfant était un garçon, il s'appelait Merlin, ainsi que l'avait demandé le diable à la jeune fille avant la naissance de l'enfant. Mais il ne fut jamais baptisé et, à l'âge de douze ans, il fut amené à Uterpendragon, comme le raconte en détail l'*Histoire des œuvres de sa vie* [1]. Après la mort du duc de Tintagel due à la trahison que commirent Uterpendragon et Merlin pour Ygerne, la duchesse aimée du roi, Merlin s'en alla vivre au plus profond des forêts anciennes. Il était, par la nature de son père, traître et déloyal et il savait tout ce que l'intelligence peut savoir dans toutes les sciences perverses.

Une élève douée qui abuse son maître

[8] Il y avait, aux confins de la Petite-Bretagne, une jeune fille extrêmement belle qui s'appelait Viviane [2]. Merlin devint amoureux d'elle et il se rendait souvent auprès d'elle, de nuit comme de jour. Mais celle-ci se défendit très bien contre ses assauts, car elle était très sage et courtoise, jusqu'au jour où elle lui demanda instamment de lui dire qui il était : il lui en révéla la vérité. Alors, elle lui assura qu'elle ferait tout ce qu'il voudrait, pourvu qu'il lui apprenne une partie de son immense savoir. Merlin, qui l'aimait autant que le peut un cœur mortel, accepta de lui apprendre tout ce qu'elle demanderait.

---

1. Là encore, invention fantaisiste de l'auteur du *Lancelot*.
2. Par souci d'uniformisation, nous conservons ce prénom qui apparaît ici sous la forme Ninienne.

[9] « Je veux, dit-elle, que vous m'enseigniez comment fermer complètement un lieu par la vertu de paroles magiques et y emprisonner à l'intérieur ce que je voudrai, sans que personne puisse ni y entrer ni en sortir. Et enseignez-moi aussi comment je pourrai faire dormir à tout jamais qui je voudrai sans qu'il se réveille.

— Pourquoi, répondit Merlin, voulez-vous savoir cela ?

— Parce que si mon père savait, dit-elle, que vous ou un autre couchiez avec moi, il me tuerait sur-le-champ ; ainsi, je n'aurai rien à craindre de lui, une fois que je l'aurai endormi. Mais prenez garde, ajouta-t-elle, à ne pas m'apprendre quelque chose qui serait mensonger, car sachez avec certitude que jamais, au grand jamais, vous n'obtiendriez mon amour et ma compagnie. »

[10] Il lui enseigna ces deux pratiques magiques et elle les nota sur du parchemin, car elle savait écrire ; elle en usait de telle sorte avec Merlin que, chaque fois qu'il venait lui parler, il s'endormait aussitôt ; elle plaçait en haut de chacune de ses cuisses deux noms magiques, afin que, aussi longtemps qu'ils y seraient, aucun homme ne pourrait lui ravir sa virginité ni coucher avec elle. Elle le berna ainsi pendant très longtemps et, en la quittant, Merlin avait toujours l'illusion d'avoir couché avec elle. Elle réussissait à le tromper ainsi parce qu'il était en partie mortel, mais s'il avait été intégralement un diable, elle n'aurait pu le tromper, car un diable ne peut dormir. Pour finir, elle en sut tant par Merlin qu'elle l'abusa et l'enferma au fin fond d'une caverne dans la périlleuse forêt de Darnantes qui touche à la mer de Cornouaille et au royaume de Sorelois. Il resta en ce lieu, dans cet état, car jamais depuis lors personne n'a entendu parler de lui ou ne l'a vu pour pouvoir en donner des nouvelles.

LE ROMAN DE SILENCE
de Heldris de Cornouailles

Le Roman de Silence [1] *a été écrit en français et en vers, à la fin du XIIIᵉ siècle, par un certain Heldris de Cornouailles. L'auteur renoue ici avec la tradition du Merlin homme sauvage, telle que Geoffroy de Mounmouth l'a vulgarisée dans sa* Vie de Merlin. *Recourir à Merlin à son dénouement est un moyen fort judicieux de dénouer les fils de l'intrigue puisque, justement, Merlin est par excellence celui qui devine et sait, peut expliquer et révéler. L'intrusion inopinée du prophète dans la quête d'une jeune fille travestie et le motif de ses rires qui sèment la panique dans son entourage, parce que le devin refuse d'expliquer ce qui les a suscités, rappellent en particulier un épisode très similaire de l'*Histoire de Merlin [2] *; on pense que ces deux romans ont exploité le même texte originel qui racontait la capture de Merlin par une femme.*

Pour se venger de Silence, jeune et valeureux chevalier qui refuse de céder à son amour, la reine Eufème propose à son époux, le roi d'Angleterre, un stratagème radical

---

1. L'édition ici utilisée est la suivante : *Le Roman de Silence*, éd. L. Thorpe, Cambridge, W. Heffer & Sons, 1972.   **2.** Ce passage met en scène le roi Jules César, sa belle épouse infidèle et le jeune et vaillant sénéchal du royaume, Grisandole, dont le prophète Merlin révélera qu'il est une ravissante jeune femme. Cet épisode forme un tout au sein du roman, à la manière d'un conte.

qui devrait éloigner à tout jamais le jeune homme de la
cour : l'envoyer à la recherche de Merlin et ne pas lui
permettre de se présenter sans avoir rempli sa mission.
En effet, avant de disparaître dans les bois, Merlin a prédit que seule la ruse d'une femme permettrait sa capture.
Le roi, qui ignore la traîtrise de sa femme, se rallie à
cette suggestion. Ce que tous ignorent, c'est qu'en réalité
Silence est une jeune fille travestie en homme, afin de
pouvoir sauvegarder l'héritage familial auquel n'ont plus
droit les femmes dans ce royaume... Six mois passent sans
que Silence ait la moindre piste. Un jour, un vieil homme
aux cheveux blancs se présente à lui[1], à l'orée d'un bois,
alors qu'il se désespère de réussir.

La capture de Merlin[2]

« Mon ami, cessez de vous inquiéter, car vous réussirez
à capturer Merlin. Je vais vous révéler tout ce qui le
concerne, sa manière de vivre et le lieu où il gîte. C'est
un homme entièrement recouvert de poils, semblable à un
ours velu ; il est rapide comme un cerf de lande. Il se
nourrit d'herbes, de racines. Il y a ici un bois où il avait
l'habitude de venir boire quand il voulait ; mais voici cinq
jours qu'il ne s'y est pas rendu car la source qui le faisait
venir est tarie. L'endroit est à sec, il n'y a plus rien à
boire. Si vous voulez bien le tromper, faites donc ce que
je vais vous dire.

« Restez là ; moi, je vais partir, mais je vous donne
ma parole que je serai de retour dans la matinée. Attendez de bon cœur : j'apporterai trois récipients, l'un
rempli de vin, l'autre de miel et le troisième de lait,
ainsi que de la viande bien fraîche. Voici pour vous
mon briquet et de l'amadou. Demain ou cette nuit,
faites un feu, si cela ne vous ennuie pas trop. Prenez

1. Nous emploierons le masculin pour parler de Silence dans le
récit jusqu'au moment où sa féminité aura été publiquement révé-
lée.   **2.** Cet épisode se trouve aux vers 5925-6136.

la viande et cuisez-la du mieux que vous saurez le faire : faites-la rôtir, sur la braise, à petit feu, car il s'en dégagera alors une fumée bien plus épaisse. Dès que Merlin la flairera, il se dirigera aussitôt vers la viande. S'il a gardé de l'humanité en lui, il viendra là, j'en suis persuadé, à cause de la fumée fleurant bon le rôti qu'il sentira dans l'air. Laissez-lui le champ libre près du feu et éloignez-vous bien. La viande sera très salée et quand il l'aura dévorée et engloutie près du feu d'épines, il sera altéré. Placez le miel très près, de façon qu'il en boive avant d'apercevoir le lait. Vous mettrez le lait un peu moins près : s'il vient à en boire aussitôt, il gonflera davantage, aura davantage soif, ce qui le torturera encore plus. Mettez-lui le vin juste à côté ; s'il en boit, il sera complètement anéanti : il sera rapidement envahi par l'ivresse, car il n'a pas l'habitude d'en boire. S'il s'endort, mon ami, soyez prêt à agir avant son réveil. »

L'homme[1] tient ses promesses et Silence met en place le piège qui lui a été suggéré. Bientôt, Merlin flaire la bonne odeur de viande rôtie qui se répand dans le bois. Après quelques hésitations, il succombe à la tentation : il abandonne son mode de vie d'antan et son régime herbivore, sa nature première reprend le dessus et il se précipite, guidé par le délicieux fumet.

Il court si vite vers la pièce de viande rôtie que les épines des ronces lui déchirent les flancs, l'échine : tout son corps est labouré, mais cela ne l'empêche pas de poursuivre sa route. Un cerf de lande n'aurait pas rivalisé

---

1. On peut penser que ce vieillard chenu n'est autre que Merlin : la métamorphose en vieillard, la présence dans les bois, la science qui est la sienne en matière de stratagème, le fait qu'il connaisse si bien les habitudes du devin et qu'il se présente spontanément à celui qui le cherche sont autant de caractéristiques fréquentes de l'enchanteur. Dans l'épisode parallèle que met en scène l'*Histoire de Merlin*, il est explicitement dit du cerf qui a aidé l'héroïne travestie à capturer le devin qu'il s'agit bien d'une métamorphose de Merlin.

avec lui ! Il salive à l'idée de la viande. Parvenu au but, il s'approprie en entier tout le rôti.

« Oh, oh ! fait-il, voici qui fait plaisir ! »

Silence se met à l'écart dans le bois, tandis que Merlin se prépare à manger. Notre homme s'attaque à toute la viande. Si Dieu prête aide à Silence, m'est avis que Merlin le paiera avant de quitter cet endroit. Merlin est si goulu de la viande chaude qu'il vient de retirer du feu, qu'il se brûle partout ; sans demander si elle est cuite ou crue, salée ou fraîche, il y puise à pleines poignées, satisfaisant son propre désir. Il se restaure parfaitement avec la viande ; à présent, il ne veut plus rien que boire. Il examine les alentours, voit du miel et, portant le récipient à sa bouche, il en boit : ce miel était délicieux et ne valait pas peu cher. Vous auriez vu Merlin enfler ! Plus il s'en délecte, plus il a envie d'en boire et ne fait rien d'autre que se tromper. Vous auriez vu comme il était malade ! Peu s'en faut que Merlin ne crève de douleur. Il voit le lait, se met à en boire. Il éprouve alors une douleur comme jamais il n'en a eue. Si vous aviez vu son ventre s'élargir, se distendre, enfler et gonfler, vous n'auriez pas manqué d'en éclater de rire aussitôt. Quel malheur pour lui que d'avoir mangé cette viande rôtie et ce méli-mélo à la mode écossaise ! Je crois bien que l'addition lui coûtera cher. Il avise alors le vin, se dirige vers lui et en boit à grandes rasades : il s'endort, ivre mort. Silence bondit et le fait prisonnier. [...]

Les rires de Merlin [1]

La rumeur que Silence arrive, accompagné de Merlin, parvient aux oreilles du roi. Même pour cent mille livres sterling, le roi n'aurait pas voulu le retour de Silence ! Le voici enflammé de colère contre Merlin puisque celui-ci avait prédit qu'il ne serait jamais capturé, sauf par la ruse d'une femme. Quant à Eufème, elle en est atterrée. Merlin

---

1. Cet épisode se trouve aux vers 6172-6298.

a bien mal manigancé. Plus de sept cents personnes sont sorties de chez elles pour l'observer avec étonnement : tout le pays est en alerte. On considère à présent Merlin comme un imbécile ; pourtant, il découvrira le pot aux roses et en affligera plus d'un. C'est au bout de la ville, sur un tertre, que les gens le rencontrent, en compagnie de Silence qui le conduit droit en ce lieu.

C'est alors que Merlin voit venir un vilain[1] portant à la main une paire de chaussures qu'il n'a jamais mises, solidement renforcées de lanières de cuir. En l'apercevant du haut de la butte où il est, Merlin éclate de rire, mais il refuse obstinément de donner la moindre explication sur ce qui a déclenché son rire. Il y a là un roi nommé Ris : celui-ci a beau prier Merlin, le harceler, le presser de questions, il reste incapable de lui en faire avouer le motif. [...] Merlin arrive alors devant une abbaye. Il voit un lépreux agiter sa crécelle[2] et demander l'aumône pour l'amour de Dieu. Il se met à rire à en perdre la raison quand il comprend la situation des pauvres qui se trouvent en ce lieu ; en dépit de leurs prières pour qu'il leur dise le motif de son rire, Merlin refuse de parler et les autres enragent à en mourir. Il y a là un cimetière à côté de l'église, dans un coin. Merlin voit qu'on y enterre quelqu'un, logé entre deux pierres. Un prêtre chante à cet enterrement tandis qu'un honnête homme est là, qui pleure, qui gémit. Aussitôt, Merlin se met à rire d'eux. Bien des gens l'interrogent : pourquoi a-t-il ri, qu'est-ce que cela concerne ? Mais Merlin ne daigne répondre un

---

1. Le vilain est un habitant de la campagne, un manant, qui, à l'origine, s'oppose géographiquement à celui qui vit à la cour. Très vite, ce mot prend aussi un sens péjoratif : le vilain devient l'antithèse de l'homme noble et courtois auquel il s'oppose non seulement sur le plan social par son mode de vie rustre et ignorant des bonnes manières, mais aussi au plan de l'intelligence, des sentiments, de la conduite de vie, voire de l'esthétique : le vilain, dans la littérature, est le plus souvent un personnage paré de tous les défauts. Il est ainsi parfaitement bête ou imprévoyant, particulièrement fourbe et vaniteux, dénué de noblesse, de générosité, incapable d'aimer sincèrement, désagréable et parfois même très laid. Le héros de *Merlot* (voir *infra*) en est un bel exemple.   2. Pour signaler aux gens leur approche, les lépreux portaient une crécelle ou une cliquette.

mot, faire la lumière sur son rire, l'expliquer. Ils estiment qu'il se rend gravement coupable, aussi le mènent-ils devant le roi : ils lui parlent alors de ses rires, et ajoutent qu'il n'a cependant jamais voulu dire le moindre mot.

« S'il n'explique pas immédiatement ses raisons, réplique le roi en colère, je le ferai livrer au supplice. »

Mais Merlin commence à rire du roi, sans se soucier de lui ; bien plus, il lui promet des malheurs ; cela n'empêche pas le roi de regretter vivement que Merlin refuse de lui répondre. Impossible de vous raconter comme il rit ensuite de lui-même. En dépit de menaces de bleus et de coups, en dépit du roi, il ne veut pas céder : le roi est presque fou de rage en voyant que Merlin ne veut pas lui donner un mot d'explication. Celui-ci se met alors à considérer Silence : même si on l'avait brûlé vif, il n'aurait pu se retenir de rire. Il ne dit cependant pas un mot : il ne peut pas leur faire pis.

L'assistance a vu le roi fulminer ; voici qu'à son tour, elle s'en prend à Merlin : l'un le tire, l'autre le pousse. Toute la cour l'entoure à présent : l'un le frappe, l'autre le pique. Près de la reine, se trouve une religieuse qui invective constamment Merlin :

« Oh, oh ! fait-elle, quel misérable ! Voyez le beau diseur de la prophétie ! »

Merlin l'observe et éclate de rire. Il a tellement envie de parler qu'il se réprime à grand-peine. On lui demande, mais en vain, pourquoi il a ri de la religieuse.

« Hélas ! s'exclame alors la reine, quel brave homme ! Comme il prédit bien ! Et quelle vaillance chez cet autre ! Ah ! C'est une belle prouesse d'avoir amené à la cour un pareil devin, apparemment imbibé de vin ! Honte à celui qui a conduit un tel bonhomme !

— Vous avez tort, madame la reine, rétorque Silence. Vous ignorez que c'est le roi qui l'a fait amener et cela m'a causé bien des difficultés. Vous ne m'en récompensez que bien mal. Mais Dieu Notre Seigneur, Créateur de toutes choses, voit et sait parfaitement tout.

— Silence, réplique alors cette femme insensée, vous parlez trop ! Vous devriez parler moins. »

Merlin se met à rire de la reine à en mourir, mais sans

ajouter un mot, et tous le prennent pour un imbécile. Ils ignorent ce qui a déclenché son rire : plus ils l'interrogent et plus il se tait. Se taire le réjouit tellement qu'il n'a pas envie de parler. Prêtez-moi donc l'oreille. Il se met à rire, puis à parler, expliquant que commencer ne lui est pas facile. Le roi, qui n'a jamais aimé les disputes, ne se soucie pas d'en avoir : il décide à présent d'affamer Merlin pour le contraindre, si possible, à parler. Il le fait jeter sans ménagement en prison et jeûner pendant trois jours. Le quatrième jour, il réunit ceux de ses barons et de ses princes qu'il aime et estime le plus. Ils verront comment Merlin finira ses jours : il sera passé par les armes ou pendu. S'il n'explique pas sa prophétie, assure-t-il, il n'en réchappera pas vivant.

Les révélations de Merlin [1]

On conduit Merlin sur la place. Je ne crois pas qu'il se haïsse au point de ne pas parler avant qu'on le mette à mort. Le roi, une épée nue à la main, s'adresse à lui :
« Parlez, Monsieur le Fou, ou je vous tranche le cou. »
Merlin voit bien à présent qu'il mourra s'il ne parle pas et qu'il pourra sauver sa vie en parlant.
« Écoutez-moi donc, sire, dit-il au roi. Je ne puis, en me taisant, vous servir comme vous le souhaitez et vous satisfaire en quoi que ce soit. Mais, si je vous dis ce que je sais, je ne veux pas que vous m'en teniez rigueur.
— D'accord, mon ami, je vous en donne ma parole.
— Écoutez, cher sire, pourquoi j'ai ri. En entrant dans l'enceinte de la ville, j'ai rencontré un vilain insensé qui revenait du marché. Il portait une paire de nouvelles chaussures qu'il venait de faire réparer entièrement à neuf, mais il n'en a jamais eu l'usage. J'ai eu là une bonne raison de rire car, avant d'être arrivé chez lui, le vilain est mort, c'est la vérité. »
Immédiatement, le roi mène une enquête sur cette

---

1. Cet épisode se trouve aux vers 6299-6634.

affaire, qui lui confirme la pleine exactitude de ce récit. Il demande alors à Merlin de lui révéler la vérité sur son rire devant l'abbaye.

« Sire, au nom de Dieu qui décide de tout, j'ai ri — mais ce n'était pas étonnant — des pauvres qui se trouvaient là et demandaient l'aumône pour l'amour de Dieu. C'est le minimum qu'ils sollicitaient là, alors que le maximum était à la portée de leurs mains. Un trésor extraordinaire, d'or et d'argent, se trouvait sous leurs pieds, à deux pieds et demi sous terre. »

Le roi fait alors chercher le trésor : celui qui y va le trouve parfaitement et en fait ce que le roi lui a ordonné.

« Merlin, Merlin, dit le roi, tu remontes un peu dans mon estime, puisque tu m'as dit la vérité. Mais, aussi vrai que je souhaite que Dieu me garde mon royaume, je continue d'autre part à te haïr car tu avais assuré que jamais tu ne serais capturé par la ruse, sinon celle d'une femme. Au nom de la fidélité que je dois à Eufème, je t'en veux encore pour ce mensonge car tes paroles s'avèrent ici être du vent.

— N'ayez crainte, répond Merlin, car c'est le soir qu'on fait l'éloge de la belle journée qui vient de s'écouler. Je ne me soucie pas encore de fuir.

— Merlin, l'autre jour, tu as vu enterrer quelqu'un dans l'un des coins du cimetière. Pourquoi cela t'a-t-il fait rire ?

— Vous allez l'entendre dans un instant, répond Merlin. Un prêtre chantait pour le défunt et un honnête homme était là, en pleurs. Cet homme aurait dû s'en réjouir car l'enfant mort était celui du prêtre qui, lui, aurait dû à juste titre en pleurer ; cet homme, dont l'épouse était la mère de l'enfant, aurait dû adorer Dieu. Telle est la clé de l'énigme, en vérité. Cet honnête homme n'a pas bougé le petit doigt pour faire cet enfant que le prêtre, en revanche, a aidé à faire : que Dieu Notre Seigneur lui soit défavorable !

— Merlin, dit alors la reine Eufème, comme tu t'y connais à médire des femmes ! Quel plaisir ces médisances te procurent-elles ? Jamais mon mari ne devrait tolérer cela ! Il devrait plutôt te faire tuer ou jeter dans quelque cachot. »

Quoi que la dame dise ou fasse, Merlin se moque de ses menaces. Pour lors, celle-ci le tient pour un menteur, un médisant, un imposteur, mais il fera éclater la vérité et mentir cette femme qui prétend qu'il ne sait pas prédire l'avenir. Voici le moment venu de merliner [1] : je crois bien qu'aujourd'hui il va dévoiler la vérité et merliner avec une subtilité et une intelligence telles que la reine le regrettera. Mais, pour l'instant, elle est en position de force et menace Merlin de mort.

« Vous avez tort, Madame, dit le roi. Même si un Écossais ou un Irlandais [2] me tenait des propos insensés ou fondés en raison, il aurait bien le droit d'être en paix ici, devant moi. Ne suis-je pas le roi ? Laissez-moi décider, parler, agir comme je le veux. Sens de femme réside dans son silence. Parbleu, à mon avis, un muet est capable de définir le sens féminin, car les femmes n'en ont qu'un seul : c'est le silence. Toutes l'ont en commun, à une exception près, peut-être, et il n'y en a pas une sur mille qu'on ne louerait plus pour sa capacité à se taire qu'à parler. Laissez-moi faire et retirez-vous dans vos appartements. »

Merlin, assis sous le plafond lambrissé, lui qui voit et connaît toute l'affaire, préparera tout à l'heure une sauce si épicée qu'elle sera pour certains, avant la tombée de la nuit, bien aigre.

« Merlin, reprend le roi, sincèrement, dis-moi pourquoi tu as ri de moi, de toi puis de Silence : je te prie, très amicalement, de ne pas me cacher la vérité. Ensuite, je veux savoir toute la vérité sur la religieuse voilée et sur ce qui t'a fait rire de la reine.

— Très volontiers, répond Merlin ; faites silence maintenant. Sire, j'ai ri, vous le savez bien, exactement comme vous venez de le rappeler. Je n'y peux rien si j'ai ri de vous. En effet, par la foi que je vous dois, je vous

---

1. Nous conservons dans notre traduction ce néologisme, forgé par l'auteur sur le nom de Merlin, dont le sens est transparent.
2. L'ennemi héréditaire de l'Anglais, autrement dit.

assure que, comme moi, personne au monde n'aurait pu se retenir de rire, cher sire, quelles que fussent ses pensées d'alors et s'il avait su en dire autant que ce que vous m'entendrez dire avant mon départ, que cela plaise ou non. »

À ces mots, la reine éprouve de vifs regrets, elle baisse la tête, elle transpire, elle pousse de longs soupirs : elle craint fort de s'être attiré des ennuis en ne disant pas toute la vérité. La religieuse, de son côté, a perdu toute sa sérénité. Quant à Silence, je ne puis vous dire à quel point ce qu'il sait lui cause de remords. « Pauvre de moi, se lamente-t-il, pourquoi ai-je ramené Merlin ? Quel malheur d'avoir réussi à le capturer ! J'ai agi comme le serviteur qui va lui-même chercher la verge avec laquelle on le bat et on le punit : c'est moi qui ai bâti l'affaire qui va me priver de tout mon héritage, c'est la pure vérité ! Il dit vrai, le proverbe du vilain[1] : "Maint homme attire d'une seule main par sa folie au-dessus de sa tête plus qu'il ne pourrait en repousser loin de lui de ses deux mains." C'est ce que j'ai fait en capturant Merlin. À cause de lui, je vais perdre toute ma réputation car il va révéler tout ce que j'ai fait de contraire à ma nature. Je m'imaginais tromper par la ruse Merlin, mais c'est moi que j'ai trompée[2]. Et moi qui m'imaginais avoir renié pour toujours les usages de femmes. [...] »

Merlin tousse puis prend la parole :

« Écoutez, sire, je vais révéler pourquoi j'ai éclaté de rire d'abord de vous, puis de moi, ensuite de Silence que je vois ici, de la religieuse qui se tient la tête inclinée en avant, là-bas, et enfin de la reine. J'ai ri de nous cinq, sachez-le, car il n'y en a pas un de nous qui ne se soit joué

---

1. Les proverbes, censés exprimer la sagesse des nations, sont très souvent convoqués dans les textes médiévaux. Il existe en particulier un célèbre recueil des *Proverbes du vilain*, le *vilain* ou « paysan » ayant dans sa culture un fonds très important de ce type de vérités d'expérience, de conseils de sagesse pratique.
2. L'accord féminin de ce participe passé s'explique par le fait que l'objet du verbe *tromper* est Silence, qui sait très bien qu'elle est femme et qui s'inquiète justement des révélations de Merlin à ce sujet.

de l'autre. Roi, vous voilà averti. La plaisanterie n'est pas égale pour tous : elle déshonore l'un de nous et sachez que deux d'entre nous en ont trompé deux autres par leur déguisement. »

La salle est remplie de chevaliers : devant toute cette audience, Merlin révèle une partie de l'exacte vérité, mais ses propos, voilés, sont fort obscurs. Seuls les quatre en question, présents dans la salle, savent très précisément ce qu'ils cachent : Merlin, Silence et la religieuse savent ce qu'ils signifient, et la reine le sait également ; assurément, elle le sait parfaitement. Les gens de la cour sont très troublés, les uns à juste titre, les autres à tort. Chacun est très inquiet de ses faits et gestes, craignant que Merlin ne les dévoile. Mais seuls ont à s'inquiéter ceux qui savent bien qu'ils sont coupables. Voici que le malaise commence à s'amplifier. Impossible d'énumérer les mauvais soupçons qui planent. Merlin vient de leur administrer une leçon magistrale telle que, s'il se met de nouveau à la lire, à la rappeler, à la répéter et à révéler tout ce qui est digne de reproche, la souveraine, au moins, en sera déshonorée ainsi que la religieuse, car celle-ci n'est pas, en tout endroit de son corps, semblable aux autres religieuses de ce monde... Le roi ordonne alors à Merlin de s'exprimer plus clairement.

« Merlin, je veux savoir comment l'un de nous peut tromper l'autre. Merlin, tu dois bien m'en avertir. Révèle-moi aussi ce qu'il en est des déguisements. Qui sont les deux qui sont bernés et les deux qui les ont bernés ? Sincèrement, qui est déshonoré ? Merlin, je veux que tu me le fasses savoir.

— Sire roi, c'est la pure vérité que la reine vous a déshonoré. Vous saurez bien comment, avant le milieu de l'après-midi. Ces deux-là, Silence et la religieuse, sont les deux qui nous ont bernés et nous, nous sommes les deux qui ont été bernés. Roi, cette religieuse qui se tient près d'Eufème vous a dupé avec son habit féminin. Roi, vous voilà bien averti. Silence de son côté m'a dupé sous ses habits de garçon, c'est l'exacte vérité, puisqu'elle est femme sous ses vêtements, même si son allure est masculine. La religieuse, sans crainte du soleil, de la bise, du vent piquant ou glacial, a des vêtements féminins. Cher sire, en ce qui concerne Silence, qui est si sage et si vaillante, je ne connais pas d'homme, je le jure, qui soit assez fort pour la vaincre. Une femme, une tendre créature, a été capable de vous déshonorer, a eu l'audace de le faire, et c'est aussi une femme qui m'a capturé : qu'y a-t-il d'étonnant à ce que j'en aie ri, puisque toutes deux nous ont trompés au point de provoquer entre nous une discussion que vingt mille autres n'auraient pu déclencher ? Sire, j'ai ri de cette situation. »

Voici le roi plus oppressé qu'un Écossais ou un Anglais. Il en souhaite presque la mort : jamais encore il n'a éprouvé pareille douleur. Les barons ont tout entendu puisque rien n'a été dit en catimini, mais ils s'en moquent, sauf pour ce qui concerne le roi : c'est la reine qui est gravement coupable, remplie d'orgueil, de traîtrise et d'une grande bassesse. Elle s'est toujours montrée très cruelle et dépourvue d'honnêteté. Elle promettait peu et donnait moins encore. Elle se laissait aller de façon très méprisable. Toute la cour avait du ressentiment contre elle.

Le roi a encore quelques doutes : il fait tenir fermement Merlin et demande donc à la religieuse d'approcher. Il la fait mettre à nu [...], puis ordonne à Silence d'en faire autant. Il a tôt fait de les trouver telles que Merlin les a décrites, exactement, dans tous les détails ! Dans la salle du palais, les gens sont tout ouïe : personne ne parle et n'aurait osé le faire, à moins d'y avoir été positivement invité ; seul le roi prend la parole et déclare, en présence de tous :

« Silence, tu as été très courageuse, bon chevalier, vaillante et bonne ; jamais roi ni comte n'ont engendré meilleur preux que toi. [...] Il n'est pas de pierre aussi précieuse ni de trésor comparables à une femme pleine de qualités ! »

Grâce à Merlin, tout rentre ainsi dans l'ordre : les femmes retrouvent leur droit à hériter, la reine et son amant, déguisé en religieuse, sont châtiés de mort et le roi épouse Silence, rendue à sa vie de femme.

MERLOT

Le conte de Merlot[1], écrit en vers dans la première moitié du XIIIᵉ siècle, se présente comme un conte à rire moralisateur dont le sous-titre qu'on lui donne parfois, Del riche asnier qui par son orgoil revint a son premier labor, exprime bien le sujet. Le double revirement de fortune du héros est dû à Merlin, qui fait ici figure de génie des bois : invisible, hantant la forêt, Merlin est réduit à un nom, à une voix qui prophétise, récompense ou châtie. Merlin est donc, dans ce conte proche d'un fabliau, l'agent d'une morale chrétienne : lors de sa première apparition, il se charge de rappeler les leçons de générosité et d'humilité que nous enseigne le Christ et que le jongleur a prônées dans son prologue. Il s'agit de « dompter les cœurs orgueilleux » : c'est du moins le souhait formulé par le jongleur juste avant le début de son histoire. Par ailleurs, il incarne une vision du monde plus sociale qui, en dénonçant les travers irrémédiables du vilain, laisse entendre que celui-ci est bien à sa place, en bas de la société, puisque inapte par nature à endosser les valeurs censées caractériser les grands de ce monde. Certes, le vilain mis en scène est un être particulièrement rustre : preuve en est d'ailleurs qu'il ne connaît même pas Merlin, ce qui peut expliquer aussi qu'il ne se soucie

---

1. L'édition de référence est celle contenue dans La Vie des Pères, éd. F. Lecoy, Paris, A. et J. Picard, S. A. T. F., 1993, XLII, p. 271-290. Nous traduisons les vers 18324-18771.

guère de ménager son bienfaiteur et qu'il ne croit pas à sa prophétie finale. La présence du magicien dans ce conte, dont il existe de nombreuses versions, montre en revanche à quel point il était alors un personnage populaire.

Il y avait jadis au pays deux hommes vivant de la vente de bois : c'était d'un pauvre profit, mais Dieu qui subvient à la pitance de ses pauvres les soutenait du peu de bien qui suffit à pareilles gens. Le moindre bien paraît très grand à celui qui n'a que la pauvreté. Eux qui ignoraient tout des biens considérables, ils prenaient avec plaisir les biens sans importance. Chacun possédait un âne et, dans un bois dont l'accès ne leur était pas défendu, chaque jour, ils chargeaient leurs ânes ; dans leur situation, les âniers ne tiraient chacun de leur fardeau qu'un sizain de deniers [1]. Chacun avait une petite maison et était marié, l'un avait un fils et une fille si bien qu'il avait beaucoup plus de besoins que l'autre qui était sans enfants. C'est volontiers qu'il s'efforçait de gagner plus et il épargnait autant que possible pour élever ses deux enfants : chacun chérit en effet sa progéniture pour favoriser un bon naturel et Dieu a en haine celui qui ne respecte pas sa nature. C'est toujours ensemble qu'ils allaient au bois et ensemble qu'ils s'en revenaient comme des voisins pleins d'amitié l'un pour l'autre.

Ils menèrent vingt ans cette vie jusqu'à un jour où ils étaient allés au bois pour y accomplir leur besogne : ce matin-là, il tombait de la neige et il gelait. Ces conditions étaient si pénibles qu'ils ne pouvaient travailler, transis de froid. L'un d'eux toutefois se fit violence jusqu'à obtenir sa charge de bois. L'autre, celui qui avait les deux enfants, à cause du froid qui le tourmentait trop, ne pouvait tenir sa serpe dans la main, et gardait au contraire ses deux mains sur sa poitrine. Son chargement terminé, le premier s'en retourna, tandis que l'autre qui restait se

---

1. Le sizain (littéralement le « sixième ») équivaut à une petite monnaie, en principe de six deniers.

préparait à couper du menu bois ; mais il ne se mit pas à l'ouvrage, tant et si bien qu'il se dit à lui-même en se lamentant :

« Hélas, que pourrai-je devenir, moi qui n'ai jamais pu arriver à avoir un seul jour de paix ? Je ne crois pas non plus que je puisse connaître un jour repos et bien-être ; c'est pourquoi j'en implore Dieu : qu'Il veuille que ma fin et ma mort soient proches, pourvu que je me sois confessé auparavant[1]. Vilain abandonné, vilain malheureux, toi le vilain qui es et qui n'es pas, vraiment, oui vraiment, je n'existe pas, car je languis en cette vie, dans cette vie qui ne plaît à personne ! Pénible est l'heure où naît le vilain, car en même temps naît pour lui la souffrance qui le mène à sa perte. Voici que je suis mené à ma perte, comme un vilain méprisable, souffrant, nécessiteux et plein de tourments ; aujourd'hui, il me faut jeûner, et toute ma maisonnée avec moi, ce qui m'afflige plus que mon propre sort. Mes enfants, ma femme, ma bête paient cher quand c'est jour de fête ou quand je ne peux rien gagner, car ce jour-là ils n'ont pas de quoi manger [...]. »

Tandis qu'il se lamentait ainsi, en se frappant la poitrine de ses mains, une voix proche de lui parvint à ses oreilles :

« Qui es-tu ? lui dit-elle.

— Je suis un vilain misérable, sans ressources, né dépourvu de biens, le champion des misérables, le plus malchanceux de tous : c'est en moi que la mauvaise fortune s'est incarnée, qui m'a fait naître sous une mauvaise étoile, de sorte qu'aucun bien ne peut m'arriver et que je ne peux parvenir à finir mes jours. Si Dieu mettait un terme à ma vie, Il me ferait l'aumône d'une bonté, car je hais à mort mon existence : si je la hais, je n'ai pas tort. Mais vous, qui êtes-vous, très cher seigneur ? Pour l'amour de Dieu, dites-le-moi, s'il vous plaît.

— Je suis un homme dont le nom est Merlin, un prophète qui connaît la vérité sur toi et ton avenir et qui,

---

1. La mort sans confession, qui peut conduire à la damnation éternelle, hante les consciences du Moyen Âge.

parce que j'ai pitié de toi, te ferait l'amitié de te rendre riche à jamais, si tu acceptais de te mettre sincèrement au service de Jésus-Christ et de ses pauvres gens. Je te donnerais tant d'or et d'argent que jamais plus il ne t'en manquerait et que Dieu, à la fin de ta vie, te revaudrait cela. Tu sais bien ce que signifie la pauvreté, puisqu'elle t'a causé assez de souffrances et de honte ; c'est pourquoi je dis que, si tu possédais des richesses, tu devrais aimer les pauvres. Quand tu les entendras se plaindre, ton expérience te permettra de connaître ce qu'ils éprouvent ; l'homme en bonne santé qui tombe malade sait bien ce dont a besoin un malade.

— Sachez, monseigneur Merlin, que si j'étais planté au milieu de grandes richesses, je n'oublierais pas Dieu ni les pauvres, auxquels, bien au contraire, je ferais tous les bienfaits possibles en prélevant sur mes possessions.

— Tu le ferais donc ?

— Oui, vraiment, seigneur, je puis vous l'affirmer en toute loyauté ; en vérité, je vous le promets.

— Eh bien, je compte sur ta promesse. Je vais voir maintenant ce que tu feras à ce sujet et comment tu t'acquitteras de tes engagements car je vais te sortir de la misère. Va-t'en au bout de ton jardin où j'ai enfoui un grand trésor sous le tronc d'un sureau. Tu creuseras du côté gauche et tu trouveras aussitôt le grand trésor d'or et d'argent dont tu feras ce que tu voudras. Veille bien à son utilisation, car tu récolteras ce que tu auras semé. Va-t'en, agis avec sagesse, observe mon commandement ; dans un an tu reviendras me trouver ici et tu me parleras de ta richesse et de ta vie : prends garde à ne pas manquer ce rendez-vous. »

Alors la voix qui avait renvoyé le vilain de là se dissipa. Joyeux, celui-ci s'en retourna de la forêt, emmenant son âne sans bûches. Quand sa femme le vit qui revenait sans chargement, elle ne put s'empêcher de lui dire : « Seigneur vilain, vil, méprisable et plein de paresse, que mangeront aujourd'hui vos enfants ? Je vais les mettre devant vous et vous les laisserai là, sans force, haïs du monde et de Dieu.

— Madame, lui répondit-il en souriant, vous êtes mon

amie et mon épouse, aussi ne m'agressez pas de la sorte, car Dieu œuvre en peu de temps : ne me cherchez pas de chicanes, vous agirez avec bon sens. Dieu nous viendra bientôt en aide.

— Nous viendra en aide ! vraiment, comment ? Je veux le savoir sans tarder, car ce n'est pas le moment de faire des cachotteries. [...] »

Elle le harcela et le provoqua tellement que, pour finir, il lui apprit ce que la voix lui avait promis. Alors lui et elle, chacun armé d'un pieu, allèrent sur-le-champ du côté indiqué et, à force de creuser, ils trouvèrent les richesses d'un immense trésor qui leur permirent de vivre ensuite dans une grande aisance.

Ils modifièrent leurs habitudes peu à peu, redoutant les commérages des gens ; le vilain continuait d'aller deux fois par mois au bois, par habitude, jusqu'au jour où il arrêta complètement. Il se préoccupa de confort et de repos car, depuis son enfance, il avait enduré des souffrances ; sa fortune fut son *credo*, si bien qu'il oublia tout, sauf de vivre dans le plaisir et la richesse. Il acheta des maisons, des terres et, cette année-là, il se comporta de telle sorte qu'on l'aima grâce à l'usage qu'il faisait de ses biens et qu'on dit de lui que c'était un homme de bien, un sage. [...] Au bout d'un an, il se rendit dans le bois, parla à la voix dans le bosquet.

« Que veux-tu ? lui répondit la voix. N'as-tu pas assez ? De quoi te plains-tu ?

— Seigneur Merlin, certes oui, je suis très riche, mais je vous demande instamment une chose, à vous qui êtes mon cher ami : déployez vos efforts et votre aide pour me faire prévôt [1] de la ville où j'habite.

— Je te promets que d'ici quarante jours tu le seras. Va-t'en à présent, mais reviens d'ici un an me parler pour chercher et demander ce qui te sera utile, et veille à te comporter de façon telle que Dieu agrée tes actions. »

Joyeux, celui-ci s'en revint à sa demeure. La prédiction faite par la voix se réalisa pour lui : il devint prévôt et

---

1. Représentant de l'autorité royale sur une circonscription assez petite en général, le prévôt gère le domaine royal.

bailli[1] dans le délai que celle-ci lui avait fixé. Mais cela ne lui servit pas à faire un peu plus de bien car, dès lors qu'il put agir en toute sûreté, il le fit ; il s'assujettit aux puissants et, tout en les craignant, il se mit à leur service. A cause du poison qu'il avait dans le cœur, il ne savait pas agir autrement. Ce n'était pas rien que le droit à la manière du vilain car celui-ci était venimeux comme l'aspic. C'est ainsi qu'il se libéra de ses obligations, comme cela lui convenait, cessant de faire le bien. Plus il s'éleva, plus il fut ignoble, présomptueux, fourbe et prompt à s'emporter, tant et si bien qu'il finit par oublier complètement Dieu à cause de l'orgueil qui l'enchaîna : jamais, depuis lors, il ne se soucia des pauvres, manifestant au contraire à leur égard des exigences pleines de dureté. Quant à son compagnon ânier, il le méprisait comme l'aurait fait un mâtin : à chaque fois qu'il le voyait, cela lui rappelait la pauvreté et donc, à aucun prix, il n'aurait pu continuer à l'aimer sincèrement. Il se conduisit ainsi en homme insensé, tant et si bien que la fin de l'année fut là.

Il pensa qu'il irait trouver la voix pour savoir ce qu'elle lui dirait : il voulait encore augmenter ses biens, de n'importe quelle façon, folle ou sage, preuve de sa grande avidité qui n'était pas encore satisfaite. Solennellement, en grande pompe, il alla le lendemain au bois. Il fit bientôt stopper les gens qui l'accompagnaient pour se rendre seul près du bosquet. Il se mit à crier fort :

« Merlin, viens donc me parler, dépêche-toi, s'il te plaît, car je ne puis m'éterniser ici.

— Comment vas-tu ? dit la voix, sitôt arrivée.

— Le grand honneur que tu m'as attribué m'est très agréable et me plaît beaucoup, et c'est pourquoi je suis toujours ton ami. Mais je viens encore te prier de bien vouloir m'aider à marier ma fille au prévôt d'Aquilée et à faire de mon fils l'évêque de la ville d'Ablan de Bêque,

---

1. Authentique fonctionnaire du roi qui, à partir du XIIIᵉ siècle, dans les provinces du royaume, a la haute main sur la justice et la police, contrôle les prévôts et dirige les officiers royaux chargés de la levée et de la répartition des impôts.

dont l'évêque est mort. C'est mon plaisir et mon réconfort que mon fils et ma fille ne déshonorent pas leurs parents. Si tu faisais pour moi ces deux choses, tu serais pour toujours mon ami.

— Je ne m'en ferais pas prier, si j'étais persuadé de bien faire.

— Parole, je t'assure que tu feras bien, car ma fille possède de nombreuses qualités : elle est sage, sensée et très belle ; quant à mon fils, il est très cultivé, lisant couramment dans n'importe quel livre[1], et il n'a pourtant que vingt-cinq ans.

— Va-t'en maintenant, prends soin de toi, je t'accorde tes deux souhaits : dans les prochains quarante jours arrivera ce que tu demandes. Sois ici dans un an à compter d'aujourd'hui et prends garde à ce que tu demanderas : est fou celui qui s'endette au point d'être incapable de s'acquitter de sa dette. »

Le vilain quitta alors les lieux, se hâtant à grands coups d'éperons. Il était tout joyeux, ravi de ce que la voix lui avait prédit. Sa femme, en apprenant la nouvelle, se réjouit avec lui. Au terme fixé se produisit exactement ce que la voix avait promis au sujet du fils et de la fille. Le vilain, qui avait un cœur de tremble, fourbe et plein de fiel, ne se départit pas de sa bassesse en dépit de l'honneur que Dieu lui accordait. Il se plaisait à accomplir toutes sortes de méfaits, évitait même tout bienfait, entretenait la ruse et la tromperie, conduit par ses péchés vers son destin. Cette année-là, il vécut comme un personnage très important, riche en biens, pauvre en sagesse car il ne s'imaginait pas, fou qu'il était, qu'il pourrait avoir un jour une vie différente de celle-là. Plus il augmentait ses richesses et s'élevait dans la société, moins il servait et craignait Dieu : il était vilain de manière innée, mais mis en position de force par ce qu'il avait acquis ; c'est ce qui permettait à l'esclave de se débarrasser du fumier qui

---

1. L'adjectif médiéval *lettré* que nous traduisons par « cultivé » peut avoir deux significations : « qui connaît ses lettres », c'est-à-dire « l'alphabet », ou bien « qui a des lettres », autrement dit de la culture, au premier rang de laquelle figure la connaissance du latin. Au XIIIe siècle, il semble que 10 % de la population à peine soit alphabétisée.

se trouvait dans son cœur. Il ne pouvait pas agir autrement : il lui fallait se comporter conformément à sa nature
et personne ne peut ôter ou retirer de son sac ce qui n'y
est pas. Si c'est du bien, on peut y prendre du bien : il
n'y a rien d'autre à prendre. Ainsi, c'est en vilain qu'il
s'acquitta de ce qu'il devait, mais, ce faisant, il s'endetta,
du fait qu'il ne savait pas gré à Dieu des richesses qu'Il
lui avait prêtées. Cela dura jusqu'à une nuit où il dit à sa
femme :

« Demain, il me faut aller, Madame, parler à la voix
dans le bois ; mais je n'y vais pas volontiers, car je n'ai
que faire d'elle et je me moque qu'elle vienne.

— Seigneur, allez-y pourtant et parlez-lui judicieuse-
ment. Dites-lui sans ambages : "Seigneur, je n'ai pas
besoin de vous, je puis bien m'abstenir à l'avenir de vos
services, il m'est pénible de venir ici si souvent." Partez
alors sans craindre ni ce personnage ni personne. »

Le lendemain, le vilain insensé se leva de bon matin
pour son malheur ; il revêtit de beaux vêtements et s'en
alla à cheval vers le bois, accompagné de deux serviteurs,
à cheval eux aussi. Il s'élança tout seul dans le bosquet,
se dépêcha d'appeler la voix en criant :

« Merlot, où es-tu ? Je t'attends ici depuis un long
moment ; approche-toi pour que je te dise ce que je souhaite avant de partir. »

Immédiatement, la voix lui parvint, du dessous d'un
arbre :

« Je suis embourbé ici, lui dit Merlin, car il s'en est
fallu de peu que je ne sois écrasé par les pattes avant de
ton cheval. Dis-moi à présent ce que tu cherches.

— Je suis venu prendre congé de toi et je veux te faire
bien comprendre que toutes ces fatigantes allées et venues
me sont insupportables, cela m'est très pénible et je n'ai
pas besoin de solliciter et de prier quiconque : je ne te
demande plus rien, je m'en vais en te recommandant à
Dieu.

— Vilain traître, vilain misérable ! Et jadis, cela ne
t'était-il pas pénible de venir là chaque jour, menant ton
âne qui trottait, pour y chercher du bois et le vendre afin
d'avoir de quoi vivre misérablement ? Plus d'une fois,

cela te rendit triste et te fit fondre en larmes. Dernièrement, tu y venais en grand équipage, une fois l'an, tu en emportais ce que tu souhaitais selon ton désir. Voilà que j'ai bien agi et bien placé les services que je t'ai rendus ! Tu en es devenu hautain et suffisant au point que tu ne t'imagines même pas pouvoir un jour avoir des maux, vilain insensé et présomptueux, plein de vice et dépourvu de vertu que tu es ! Celui qui recueille et entretient un vilain récolte la verge qui ensuite le bat. La première fois que tu me parlas, tu m'appelas "Monseigneur Merlin", comme un pauvre rempli de simplicité et de sérénité, puis ce fut "Seigneur Merlin", ensuite "Merlin" et enfin "Merlot", comme si, dans tes serviles pensées, tu ne pouvais traiter avec des égards mon nom et mon honneur, préférant m'appeler par un diminutif. Vilain ignorant, stupide, toi qui as bénéficié des considérables richesses que Dieu Notre Seigneur t'avait prêtées, sans jamais Lui en témoigner de reconnaissance ! Au contraire, tu t'es montré avide des biens d'autrui, à la manière d'un chien qui se restaure d'une charogne : il reste dessus et ne cesse de grogner, parce qu'il ne peut pas en manger plus mais, il a beau en être complètement rassasié, il ne veut pas l'abandonner aux autres. Vilain, tu n'as pas agi autrement : tu ne pouvais venir à bout de tes grandes richesses, mais tu refusais de t'en servir pour faire des dons. Vilain ânier, vilain de la famille des ânes, orphelin de toutes grâces, vilain tu es et vilain tu seras, reprenant ta besogne. Tu quitteras les biens que je t'avais donnés et tu t'en iras tel que tu étais quand tu es venu au tout début, te lamentant du dénuement dans lequel tu te trouvais. Tu m'as trompé comme un traître : à cause de toi, la misère va désormais revenir ; à cause de ton orgueil, de ton animosité, tu seras déchu de la roue de Fortune [1] ; sur le fumier qui se trouve en ce lieu, tu mourras sans avoir pu te relever. »

---

1. Fortune, venue de l'Antiquité gréco-romaine, est une puissance allégorique censée distribuer le bonheur et le malheur, sans règle apparente : au Moyen Âge, on la représente souvent les yeux bandés, tenant une corne d'abondance et debout sur une roue qui tourne et sur laquelle elle emporte les hommes, les élevant et les précipitant à son gré.

Sans attacher la moindre importance aux propos de Merlin, le vilain regagne son logis et ne change rien à son comportement. Mais la prédiction de Merlin se réalise une fois de plus et, un à un, tous les bienfaits qui lui ont été accordés naguère lui sont retirés. Il finit par se racheter un âne et reprendre le chemin du bois, terminant sa vie dans la misère et le regret d'avoir tout perdu.

TABLE

Présentation par Danièle James-Raoul...................... 7

Indications bibliographiques............................... 17

Poèmes attribués à Myrddin 19

Saint Kentigern et Lailoken 23

L'Histoire des rois de Bretagne
  de Geoffrey de Monmouth.............................. 27

La Vie de Merlin par Geoffrey de Monmouth 32

Le Roman de Brut de Wace.............................. 43

Merlin de Robert de Boron............................. 47

Le Roman du Graal : le *Didot-Perceval* 77

L'Histoire de Merlin : la *Suite-Vulgate* 84

La Suite-Huth ou *Suite du Roman de Merlin*........... 87

Lancelot 99

Le Roman de Silence de Heldris de Cornouailles.... 105

Merlot 117

Composition réalisée par NORD COMPO

Imprimé en France sur Presse Offset par

BRODARD & TAUPIN

GROUPE CPI

La Flèche (Sarthe).
N° d'imprimeur : 7817 – Dépôt légal Édit. 12187-06/2001
LIBRAIRIE GÉNÉRALE FRANÇAISE - 43, quai de Grenelle - 75015 Paris.

ISBN : 2 - 253 - 19303 - 8   ♠ 31/9303/4